Sophie Edina (Hrsg.)

# #QUEERE KÜSSE GEGEN RECHTS

Die Anthologie

Sophie Edina (Hrsg.)

# #QueereKüsseGegenRechts

Die Anthologie

Bibliografische Information der Deutschen Nationalbibliothek: Die Deutsche Nationalbibliothek verzeichnet diese Publikation in der Deutschen Nationalbibliografie; detaillierte bibliografische Daten sind im Internet über http://dnb.dnb.de abrufbar.

Die automatisierte Analyse des Werkes, um daraus Informationen insbesondere über Muster, Trends und Korrelationen gemäß §44b UrhG („Text und Data Mining") zu gewinnen, ist untersagt.

Coverillustration & -gestaltung: Lara Kunze (@PoLARAsieren)

Innengestaltung & Buchsatz: Sophie Edina

Illustrationen im Innenteil: Canva Pro

Weitere Mitwirkende (Autor:innen):

Airee Jacour, Alenor J. Stevens, Ally Lee, Amalia Zeichnerin, Ana Marin, Anita Delle Donne, Anna E. Frank, Anna Hellmich, Anna Kleve, Anne Danck, Anne Zandt, Anni D. Newman, Arthur Yves Klein, Ash Laurea, Caro Grimm, Cel Silen, Chris P. Rolls, Christian Ora, Christina Caglioti, Christine Kulgart, Claudi Feldhaus, C. M. Graf, Crimson K, E. M. Holland, Ela Bloom, Ely Junge, Elya Adair, Elyseo da Silva, Esra Groll, Eva Lucia Bolsani, Evelyne Aschwanden, Fiona Asch, Florian Waldner, Gianna Maas, Hanna C. Legnar, Henriette C. Rigel, Hiroki Jäger, Ines Plagemann, Irina Meerling, Iva Moor, J. M. Maron, Jan Ranft, Janina Nilges, Jassi Etter, Jenna Gruenwaldt, Jennifer Kuro, Jessica Graves, Joana Hardt, Johanna Tiefenbacher, Josefine James, Ju Hex, Julia Dankers, Julie M. Mills, Junis Pearls, Jutta Kröpfl, Kat Lionne, Katharina Licht, Katja Jansen, Kiera Sawyer, Kira Komma, Kristina Maria Dahl, Kristina Schreiber, Lea Diamandis, Leona Bolt, Libra Nash, Lilac O'Neal, Livia Veros, Luca Hazel, Lukas Brückner, L. Hawke, Lux N. Tells, Luzi Morgenstern, Maeve Maddin, Marie C. Becker, Marie Meier, Martina Riemer, Miriam Rieger, Nadine Nakos, Nike Gigandet, Nora Brüning, Nora L. Großmann, Nox Juvenell, R. M. Amerein, Rea Sander, Robyn Skye, Romy Kleib, Rosie Lu, Sabine Brandl, Sakura Takashima, Sam Elias, Sameena Jehanzeb, Sandra Andrés, Sara Alcea, Sara Fabian, Saskia Rönspies, Serena C. Evans, Sina Gottwald, Sonja Bethke-Jehle, Sophie Edina, Sophie May, Stefanie Biermann, Stef Helmel, Talia May, Tess Rayleigh, Tina Flocke, Tove Blaustedt, Valérie D'Arcy, Veronika Carver, Vic Theege, Yara Elison, Yola Stahl

Verlag: BoD · Books on Demand GmbH, Überseering 33, 22297 Hamburg, bod@bod.de

Druck: Libri Plureos GmbH, Friedensallee 273, 22763 Hamburg

ISBN: 978-3-8192-2735-6

*Für alle, die Liebe in sich tragen:*
*In ihren Herzen,*
*in ihren Köpfen*
*und auf ihren Lippen.*

*Teilt sie mit der Welt,*
*aber behaltet auch immer*
*genug davon*
*für euch selbst.*

# INHALTSVERZEICHNIS

# VORWORT

Dieses Buch existiert, weil ich glaube, dass Hass und Populismus viel gefährlicher für dieses Land sind als Vielfalt und Solidarität. Geboren wurde die Idee am 10. Juni 2024. Mitten im „Pride Month" erschütterten die Ergebnisse der Wahlen für das Europaparlament viele, insbesondere Mitglieder der LGBTQIA*-Community. Nach Jahren, in denen rechts-konservative Kräfte immer mehr politischen Raum in Deutschland und dem Rest von Europa einnahmen, kam ein weiterer Rechtsruck vielleicht nicht überraschend, schlug aber dennoch aufs Gemüt.

Um der Kränkung, der Angst, der Frustration ein Gegengewicht zu bieten, entstand auf Social Media, genauer gesagt auf *#Bookstagram*, spontan eine Protestaktion: Unter dem Hashtag *#QueereKüsseGegenRechts* teilten Autor:innen und Buchblogger:innen Zitate aus queeren Büchern. Es kamen über hundert individuelle Beiträge aus verschiedenen Genres und mit verschiedenen Formen der Repräsentation zusammen. Was die Aktion vor allem bewirkte, war die Verschiebung der Wahrnehmung von Hass hin zur Liebe und von der Machtlosigkeit hin zu einem erstarkten Gemeinschaftsgefühl.

Im Laufe der Zeit ergaben sich dann immer wieder neue Gründe, sich für diese Werte und damit gegen Rechts zu positionieren. Das Klima auf Social Media wurde rauer, rechte Parteien nutzten diskriminierte Gruppen weiter als Feindbilder für ihren Wahlkampf. So entstand die Idee, das Projekt aus dem Internet in unsere Offline-Safe-Spaces zu holen: Unsere Bücherregale und eReader. Kurz vor den Bundestagswahlen 2025 öffnete ich mein E-Mail-Postfach für Einreichungen. Von der Menge an Beiträgen wurde ich völlig überwältigt. Am Ende durfte ich aus über 250 Texten eine Anthologie aus queeren Kussszenen zusammenstellen – ein GesamtKUSSwerk sozusagen. Dieses Buch enthält damit rund 175 Kussszenen von 111 Autor:innen. Könnte das vielleicht ein Weltrekord sein? Wir werden sehen.

Besonders stolz bin ich auf die Diversität der Beiträge. Zugegeben, ich hatte zunächst Sorge, dass vor allem M/M-Paare („Gay Romance") stattfinden würden, wie es auf dem breiten Buchmarkt der Fall ist. Zum Glück habe ich mich geirrt! Es wird sapphic, es wird poly, es wird ace, es wird bi, euch werden Neopronomen, Mastektomienarben, Patchwork-Familien, Profisportler:innen und magische Kreaturen begegnen. Es wird heiß und sanft, schüchtern, überstürzt, sehnsüchtig – und auch mal wehmütig. Es wird alles, wofür ich Liebesgeschichten und queere Bücher liebe, und noch so viel mehr.

Dabei verzichte ich bewusst darauf, die Küsse in Kapitel oder nach Labels zu sortieren. Es folgt eine chaotische, leidenschaftliche Sammlung, bei der du immer gespannt sein darfst, was dich auf der nächsten Seite erwartet. Ich darf Sneak Peeks für Bücher präsentieren, die erst in Zukunft erscheinen werden. Ich darf Erstveröffentlichungen ermöglichen. Ich darf aus beliebten Verlagswerken und Selfpublishing-Highlights zitieren.

Ich bin sehr zuversichtlich, dass für jeden Geschmack etwas dabei ist.

Bewusst verzichtet habe ich übrigens auch auf die Verwendung von generativer Künstlicher Intelligenz bei der Erstellung dieses Buches. Es steht die Menschlichkeit im Vordergrund, die Schönheit menschlicher Vielfalt und die Macht menschlichen künstlerischen Ausdrucks. Daher war eine Auflage, dass eingereichte Texte nicht mit Hilfe von genKI verfasst wurden. Auch die Illustrationen und das Cover wurden ohne derartige Hilfsmittel erstellt.

Ich bin bereits vor der Veröffentlichung unglaublich dankbar und stolz, wenn ich sehe, wie viel Positivität dieses Projekt umgibt. Ich hoffe, dass die Veröffentlichung der Startschuss dafür ist, dass diese Stimmung auf viele von euch überspringt. Egal, ob selbst queer oder Ally („Verbündete:r"), ob Bücherwurm oder Gelegenheitslesender, ob engagiert aktivistisch oder still solidarisch. So verschieden wir sein mögen, wir sind nicht allein und wir stehen für Liebe statt Hass.

*Cheers, Sophie Edina*

# CONTENT NOTES

Dieses Buch soll ein literarischer Safe Space sein. Gerade deshalb ist es wichtig, auf mögliche belastende Inhalte zu verweisen, ehe du in das Kaleidoskop aus Küssen eintauchst.

In all unseren Beiträgen stehen positive Gefühle im Vordergrund. Dennoch werden dir in einigen Hinweise auf *Diskriminierungserfahrungen* und damit verbundene *Ängste* begegnen, sowie gelegentlich *Rauschmittelkonsum*, *Verlust* und *körperliche Verletzungen*.

Sei dir außerdem bewusst, dass einige der Küsse zu *expliziteren Handlungen* führen oder diese begleiten. Pornographische Inhalte musst du nicht erwarten.

Bitte achte auf dein Wohlbefinden, beim Lesen dieses Buches und darüber hinaus.

# DIE KÜSSE

*1941*

Liebste Betty,

Weißt Du noch jene Nacht in Positano, als wir Signoras Zitronenlikör gestohlen haben und nackt im Meer schwimmen waren? Ich habe noch nie etwas befreienderes getan – Ich wusste damals schon, dass diese Freiheit an Positano gebunden sein würde.

Diesen Moment jedoch werde ich nie vergessen.

Meine Augen flogen auf, als ich Deine Hand auf meiner Schulter spürte. Es war nicht die kühle Nachtluft, die mich erschaudern ließ, sondern Deine dunklen Augen, die mich liebkosten wie züngelnde Flammen. Dieser Blick weckte noch etwas anderes – Nervosität. Scham. Urplötzlich wurde ich mir unserer Nacktheit bewusst. Wie Eva sich im Paradies ihrer Blöße bewusst wurde, tasteten meine zitternden Finger nach meinem Kleid. Die Arme über der Brust verschränkt, presste ich den Stoff gegen meine feuchte Haut.

Du schienst diese Scham nicht zu kennen, so selbstsicher in Deiner eigenen entblößten Haut.

Ich hielt den Atem an, als Du Dich zu mir herüber beugtest und mich küsstest.

Erstickte Einwände bahnten sich einen Weg aus meiner zu engen Kehle, lagen mir auf der Zunge, doch weiter als zu meinen Lippen kamen sie nicht, ehe Dein Mund sie aufsog. Ich erinnere mich an die Dankbarkeit, dass ich dadurch diesen besonderen Augenblick nicht ruinieren konnte.

Ich denke, Du hast es gewusst; das war mein erster Kuss. War es auch Deiner? Ich weiß, trotz aller Nonchalance, hattest auch Du Angst. Aber in meinen Augen, im Vergleich zu einem dummen Mädchen wie mir, warst Du der mutigste Mensch der Welt.

Hitze breitete sich in meinem Körper aus, als ich Dein bezauberndes Gesicht im silbernen Mondlicht studierte. Mein wild pochendes Herz drohte, aus meiner Brust zu springen.

Einmal im Leben wollte auch ich mutig sein, indem ich Dich wieder küsste.

— 99 ————

*Zitat aus „Grüße aus Positano" von C. M. Graf*
*(bisher unveröffentlicht)*

„Rays Fragerunde." Zögerlich berührte er meine Wange, als sei er unsicher, ob er das überhaupt tun durfte. „Darf ich dich küssen?"

Lächelnd schloss ich die Augen. „Ja."

Rays Hand wanderte in meinen Nacken und schickte auf ihrem Weg einen angenehmen Schauer nach dem anderen über meinen Körper. Er zog mich näher zu sich heran, ganz, ganz langsam, bis unsere Lippen zu einem Kuss verschmolzen, der schöner war als alle, die ich mir je ausgemalt hatte. Angenehme Wärme stieg in mir auf, breitete sich in jeden Winkel meines Körpers aus. Alles kribbelte, prickelte, flatterte. Rays Finger glitten sanft, aber bestimmt durch meine Locken und ich gab mich unserem Kuss vollkommen hin, versank in ihm, bis Ray meine ganze Welt ausfüllte.

Ich umfasste sein Gesicht und zog ihn noch enger an mich, obwohl das kaum möglich war. Endlich konnte ich ihm so nahe sein, wie ich es mir schon seit Langem gewünscht hatte.

Während die Schneeflocken um uns herum tanzten, standen wir eng umschlungen da und küssten uns, als hätten wir nie wieder etwas anderes vor.

*Zitat aus „Die Legenden von Lumia – Berstendes Eis"*
*von Katharina Licht (Books on Demand, 2025)*

Knut legte den Arm um Franks Schultern. Eigentlich hätte Frank vor Aufregung platzen müssen. Doch er wurde ganz ruhig. Schön war es, dass Knut ihn im Arm hielt, auch wenn es sicher nur kumpelhaft gemeint war.

Knut blickte an ihm vorbei in die Ferne. „Wenn man sich anstrengt, kann man von hier aus bis nach München gucken, zur Wiesn, und den Leuten auf Willenborgs Riesenrad zuwinken."

Frank versuchte ein Lächeln. „Ich hoffe, das Ding ist stabil. Wenn wir jetzt abstürzen oder so ..." Er wurde still und sah Knut in die Augen. Moosgrün mit ein bisschen Grau und Blau drin – wie Edelsteine.

„Du musst echt keine Angst haben. Ich bin bei dir", flüsterte Knut.

Mit seiner Hand streichelte er Franks Schulter. Dann zog er ihn an sich heran und gab ihm einen Kuss. Und dann noch einen, einen ganz langen. Frank wusste nicht, wie ihm geschah. Alles war so weich und feucht. Knuts Kuss schmeckte nach Zigaretten und Pommes rot-weiß.

Franks Herz tanzte vor Glück. Das hier war mit Abstand der schönste Moment in seinem ganzen Leben. Die Höhenangst war wie weggeblasen. Jetzt und hier gab es nur ihn und Knut. Als sich das Riesenrad wieder in Bewegung setzte, dröhnte aus den Lautsprechern unten bei der Berg-und-Tal-Bahn *Verliebte Jungs*. Knut und Frank grinsten sich an und lösten sich aus ihrer Umarmung.

Was Frank da gerade erlebt und gefühlt hatte, änderte alles. Nun wusste er, dass er schwul war – definitiv, daran gab es keinen Zweifel. Er hatte sich Hals über Kopf verliebt.

*Zitat aus „Zitronenjoghurt mit Buttermilch -*
*Frittierte Sonnenstrahlen" von Jan Ranft (Tredition, 2020)*

„Ich habe Angst um dich." Elara ergriff Talvis Handgelenk. „Wer weiß, was mein Vater dir antun wird, wenn er dich bei mir findet, und was er dir vorwerfen wird. Ich will nicht, dass dir etwas geschieht." Den letzten Satz flüsterte sie, blickte der anderen Frau dabei fest in die grünen Augen, in denen sie sich völlig verlor.

„Warum?", wisperte Talvi zurück. Ihr Handgelenk ruhte warm zwischen Elaras Fingern.

„Weil du mir zu viel bedeutest." Elara zog die Unterlippe durch die Zähne. Wenn sie jetzt nicht sagte, was sie empfand, würde sie niemals die Gelegenheit dazu bekommen. Wie beim Bogenschießen atmete sie die Worte aus. „Ich fühle mich wohl bei dir. Du bist der erste Mensch, dem ich rückhaltlos vertraue, bei dem ich ganz ich selbst sein kann. Ich würde es nicht ertragen, dich zu verlieren. "

Ein Schatten huschte über Talvis Gesicht. Dann erhellte es sich. Tränen schimmerten in ihren Augen „Mir geht es genauso, Elara. Ich verspreche dir, dass mir nichts geschehen wird. Und dass wir uns bald wiedersehen werden." Federleicht berührten Talvis Lippen Elaras. „Denk daran, man hat immer eine Wahl." Dann schlüpfte sie aus der Höhle und verschmolz mit der Nacht, ließ Elara mit einem Kribbeln auf den Lippen und einer brennenden Sehnsucht im Herzen zurück.

*Zitat aus „natida ni fylur – Die Prophezeite der Sonne (Band 1)"*
*von Saskia Rönspies (Weltenbaum Verlag, 2023)*

Meine Worte klingen gepresst – zwischen zwei Küssen, zwischen oben und unten, zwischen Himmel und Hölle. Ich fliege. Zeitlupenlangsam wandert meine Hand unter Milas Shirt.

„Eine lange Geschichte. Ich bin mir sicher, dass du sie nicht gerade in diesem Moment hören willst." Entschlossen fährt ihre Zunge am Rand meines Tops entlang. Feenfinger schieben die Träger hinab, kurz bevor ich Milas Lippen auf meiner Brust spüre.

Ich sterbe, will ich schreien, doch es kommt nicht viel mehr als ein heiseres Krächzen aus meiner Kehle. Hungrig atme ich das Leben. Das Gegenteil von sterben heißt lieben. Vor meinen Augen tanzen die Sterne. Niemals wieder will ich landen, erst recht nicht mit dem Hosenboden auf der blanken Erde.

Entschlossen lege ich meine Hände auf Milas Wangen und dirigiere sie zu mir hinauf. Ihre Küsse schmecken nach Pfefferminz und Weiblichkeit, während ihre unversehrte Hand am Knopf meiner Jeans herumnestelt.

— 99 ———

*Zitat aus „Gute Nacht, liebe Angst" von Julia Dankers*
*(Main Verlag, 2024)*

„Vergiss niemals, wie sehr ich dich liebe. Vergiss es nicht."

Er ergriff Laudans Hand, küsste sie. „Ich werde es nicht vergessen. Niemals."

Die Aureale tanzte. Laudans Atem wärmte seine Haut. Ihre Lippen fanden einander. In diesem Moment war er der Fischer, dessen Rebell heimgekehrt war. Und weil loslassen zu sehr wehtat, hielt er an ihm fest.

*Zitat aus „Melodie der Asche" von Elya Adair*
*(S. 466-467, Knaur Taschenbuch, 2024)*

Entschieden lehnte sich Soti weiter in den Kuss, wollte mehr von den Lippen spüren und mehr von der Wärme, die der Körper ausstrahlte, der ihn festhielt. Soti lächelte leicht in den Kuss hinein, als er Lloyds Herzschlag spüren konnte. Er war wahnsinnig schnell.

„Warum lächelst du?", murmelte Lloyd gegen Sotis Lippen, als er für einen Moment von ihnen abließ. Sanft legte er seine Stirn gegen Sotis, die blonden Locken kitzelten ihn im Gesicht.

„Siehst du?", flüsterte Soti heiser und drückte Lloyds Hand fester.

„So unbeholfen flirte ich gar nicht."

— 99 —

*Zitat aus „The Servitóros" von Fiona Asch*
*(Cherry Publishing, 2022)*

„Was hältst du davon, wenn wir diese neue Welt gemeinsam gestalten?", flüsterte ich und meinte damit viel mehr, als ich sagte. „Wir könnten es zumindest versuchen."

Der Druck von Sunas Fingern um meine verstärkte sich. „Das würde ich sehr gerne", hauchte sie. „Aber wie es aussieht, kann ich keine Magie lenken."

„Das ist mir völlig egal", hauchte ich. „In unserer neuen Welt werden Menschen, die keine Magie lenken können, gleichberechtigt sein neben allen, die es können."

Ich beugte mich Suna entgegen. Sanft verschloss ich meinen Mund mit ihrem, unsere Lippen vereinigten sich in einem verheißungsvollen Kuss. Noch nie hatte ich mich so sehr auf die Zukunft gefreut. Noch nie hatte es für mich eine wirkliche Zukunft gegeben. Der Text von Sunas Lied schwirrte durch meinen Geist.

*„Broken strings can't tie you to the ground, so spread your wings and fly with me around."* Wie recht sie damit hatte. Nie wieder würden mich Fesseln zu Boden drücken. Ich hatte meine Fäden endgültig zerrissen und war bereit zu fliegen.

— 99 —

*Zitat aus "Broken Strings" von Saskia Rönspies*
*(Kindle Direct Publishing, 2022)*

Kaum öffnet sich die Tür, stürmen wir beide hinein. Josh drückt mich gleich gegen die nächste Wand. Nicht grob, sondern unerwartet sanft dafür, dass wir uns beide nach intensiveren Berührungen sehnen.

„Möchtest du, dass ich dich küsse?", fragt er nach, anstatt mich einfach damit zu überrumpeln.

Ich atme schwer, betrachte gierig seinen Mund. „Unbedingt." Um nicht noch länger warten zu müssen, lehne ich mich etwas vor und küsse direkt seine Lippen.

Sie sind kalt, schmecken nach Schnee, Alkohol und nach ihm.

— 99 ———

*Zitat aus „Nox Londinium: Das dritte Date" von Alenor J. Stevens*
*(Kindle Direct Publishing, 2024)*

Für einen Moment hielt Noah inne, schließlich standen sie auf dem Bürgersteig mitten in der Stadt. Warf ihnen die alte Dame im rosafarbenen Kostüm dort drüben nicht bereits einen missbilligenden Blick zu? Aber was hatte er eigentlich mit der zu tun? Wenn sich die alten Schweriner Damen bislang noch nicht an den Anblick zweier verliebter junger Männer gewöhnt hatten, wurde es vielleicht mal Zeit. Noah versuchte seine Nervosität hinter einem selbstbewusst aussehenden Lächeln zu verstecken und flocht seine Finger in Nicos. Wie als Antwort erstrahlte Nicos Gesicht in einem Lächeln: „Dann mal los zum Eiscafé."

Kurz darauf blickte Noah über seinen Spaghettieisbecher zu seinem Freund, der sich gerade einen Löffel Pistazieneis in den Mund schob und dabei sehr zufrieden aussah. Auch er genoss die kühle Kombination aus Vanille und Erdbeergeschmack auf seiner Zunge. Wann hatte er zuletzt Eis gegessen? Trotz Ernährungsplan sollte er sich so etwas öfter gönnen, entschied er.

„Hey, willst du mal eine Kombination aus Pistazie und Spaghettieis schmecken?", fragte Nico plötzlich und zwinkerte ihm zu, während er sich einen Eislöffel in den Mund schob. Als er sich langsam zu ihm beugte, fuhren Noah zwei Gedanken durch den Kopf. Erstens, dass sich noch andere Leute im Eiscafé befanden und zweitens, dass ihm das eigentlich ziemlich egal war. So verschmolzen ihre Lippen miteinander und Noah spürte trotz der Kälte des Spaghettieises mit Pistaziengeschmack eine wohlige Wärme durch seine Adern rauschen.

*Zitat aus „Kontrollierter Höhenflug" von Tove Blaustedt*
*(Traumtänzer Verlag, 2022)*

Ich musterte ihn. Die breiten Schultern. Die Muskeln an seinem Oberarm, das Tattoo am Handgelenk. Ein Dreieck, in dem sich eine Welle aufbäumte.

Das Motiv hatte ich schon mal gesehen. In meinem betrunkenen Geist arbeitete es langsamer, doch ich kramte tapfer weiter. Als es mir wie Schuppen von den Augen fiel, prustete ich in mein Wasserglas. Tropfen und Sprühnebel verteilten sich auf meinem Gesicht, dem Shirt und der Theke.

Klirrend stellte ich das Glas ab. „*DarkDom_Adam*!", rief ich.

Die Augen des Fremden weiteten sich, während mein Ruf in der lauten Barmusik unterging.

„Du bist *DarkDom_Adam*", wiederholte ich, als er sich nicht rührte. „Ich kenne dich, ich…"

Eine Hand packte mich im Nacken und zog mich mit einem Ruck nach vorn. Seine Lippen landeten auf meinen – hart und fordernd und so dominant, dass es mir den Atem raubte. Erstickt gab ich einen überraschten Laut von mir, ehe sich die Welt wieder stärker drehte. Es sah sicher nicht sehr elegant aus, wie ich mich viel zu spät auf seinen breiten Schultern abstützte. Hui, die waren wirklich muskulös. Da wurde man ja neidisch.

Als er mir in die Unterlippe biss, keuchte ich auf.

„Nicht diesen Namen", brummte er. „Ich heiße Aiden."

„Damian." Der Name ging mir mechanisch über die Lippen. Ich war abgelenkt von der Tatsache, dass mich der verdammte Kerl küsste, von dem ich seit Wochen feuchte Träume hatte. Er war ein Sexgott. Der heißeste Sexgott der Welt.

*Zitat aus „Aidan & Damian: Footprints in the Sand" von Jessica Graves*
*(Kindle Direct Publishing, 2023)*

„Du hast da ein Stück Rinde", sagte Lily und Röte überzog ihre Wangen.

Ihre Finger berührten federleicht Rias Kopfhaut, als sie die Rinde aus ihren Haaren zupfte. Sie waren sich so nah, dass Ria jeden Sprenkel in ihren Augen sehen konnte. Eine von Lilys Locken kitzelte ihr Kinn. Mit klopfendem Herzen strich Ria die Strähne hinter Lilys Ohr. Fasziniert vom samtigen Gefühl ihrer Haare konnte sie nicht widerstehen, weiter hindurch zu streichen, die Locken durch ihre Finger gleiten zu lassen. Sie fühlte, wie Lilys Atem stockte. Magisch wurde ihr Blick von Lilys Lippen angezogen, die so verführerisch weich aussahen. Ob sie sich wohl genauso anfühlten? So weich wie ihre Wange unter Rias Handfläche.

Sie wusste nicht, wer den letzten Zentimeter überwunden hatte. Sie wusste nur, dass Lilys Lippen zaghaft ihre eigenen berührten und dass Lilys Blick in dem kurzen Moment, bevor sie beide den Kuss vertieften und die Augen schlossen, nervös, hoffnungsvoll und verliebt ihren getroffen hatte.

Der Specht raschelte in den Zweigen – oder war es die Amsel? –, der Bach gluckerte und Lily küsste Ria. Ria küsste Lily. Ihr Herz schien sich gleichzeitig zusammenzuziehen und bis zum Rand des Universums zu explodieren vor Glück.

*Zitat aus „Funkenfeder – Teil 1 der Vogelwandler-Dilogie"*
*von Ines Plagemann (tolino media, 2021)*

Idans Arme begrüßten mich im Dunkel einer Nacht, die ich nie vergessen werde. Ich erinnere mich an das Rascheln des weichen Laubs unter meinen Füßen, als ich das Gewicht verlagerte, um mich zu ihm zu lehnen. Und ich erinnere mich daran, wie er roch: trockene Erde, Immergrün und Gefahr.

Seine Lippen waren warm, meine kalt, doch das änderte sich rasch. Drängende Gesten, gierige Finger unter abgetragenen Shirts. Dann durchschnitt ein Lichtstrahl das Dunkel.

„Hauke?"

Die Stimme meines Vaters war mindestens so grell wie die Taschenlampe, die uns ins Gesicht leuchtete. Er war immer so laut, so fürchterlich laut. Neben mir spannte sich Id an, bereit zum Sprung.

„Was tut der Katz hier mit dir?"

Mein Herz hämmerte in meiner Brust und mein Sichtfeld wurde klein, so als hätte mir jemand Scheuklappen aufgesetzt. Der Schatten meines Vaters zeichnete sich überlebensgroß jenseits der Taschenlampe ab. Er würde meine Mutter verschlingen, meinen Bruder und mein ganzes Leben. Er würde mich den Wölfen zum Fraß vorwerfen. Und dann war man tot für seine Familie, fürs Dorf und für die ganze Welt, die hier, in der Einöde, nicht größer war als eine Gemeinde.

*Zitat aus „Immenwolf" von Marie Meier*
*(aus der Anthologie „Wolfswinter", Tredition, 2024)*

Für jemanden, der nicht gerne küsste, war Vainos Kuss verheerend. Ein alles verschlingendes Inferno aus Hitze, feuchten Lippen und einer dominierenden Zunge, die seine gefangen hielt. Ville wurde schwindelig. „Ich nehme das ‚nicht schlecht' von vorhin zurück." Vainos Stimme war tief und kehlig, als er ihre Lippen einen Zentimeter voneinander trennte, sein Atem perlte heiß über Villes Lippen. Die eh schon grauen Augen ein silberner Nebel. „Du bist so verdammt perfekt, kleiner Teufel."

— 99 ———

*Zitat aus „Nights like Stars" von Fiona Asch*
*(Cherry Publishing, 2024)*

Wir suchen uns eine Sofalandschaft und setzen uns zu zwei anderen Paaren. Zwei dieser Personen führen ein lebhaftes Gespräch, bei dem sie mit ihren Sektgläsern gestikulieren. Ich kann eine von ihnen keinem Geschlecht zuordnen, doch ich finde sie schön mit ihrem Rock, dem Glitzer Make-up, dem kantigen Gesicht und dem Bart. Jeder Mensch kann sein wie er möchte und niemand (abgesehen von ein paar intoleranten Arschgeigen, die es leider immer gibt) stört sich mehr daran, da es mittlerweile zu unserem Alltag gehört. Ein Erfolg der UE (United Earth), für den die Bevölkerung in vielen Teilen der Welt lange gekämpft hat.

Auf der Couch neben uns knutschen zwei Jungs wild miteinander. Ich beuge mich zu Rina, lege eine Hand an ihre Wange und küsse sie ebenfalls. Der Geschmack ihres fruchtigen Lippenbalsams verteilt sich in meinem Mund. Einen Moment lang verharren wir so. Ausgeschlossen von der Welt. Gefangen in unserem Kuss. Ein Augenblick nur für uns allein.

Einer der Jungs zwinkert mir hinter dem Rücken des anderen zu und ich zwinkere zurück.

Wärme und Glück durchfluten mich. Ohne meine Emowatch nehme ich diese Gefühle in einer neuen Intensität wahr. Es ist überwältigend.

Eine weitere Errungenschaft unserer Zeit ist die gesellschaftliche Akzeptanz von Lebensweisen jeglicher Art: queer, polyamor, monogam, offen, fest … Ich meine, klar, die erwähnten intoleranten Arschgeigen gibt es auch hier und wird es auch immer geben, aber größtenteils sind wir den früher als traditionell geltenden Beziehungsformen gleichgesetzt und haben in fast allen Teilen der Erde die gleichen Rechte.

*Zitat aus „Leinwand des Lebens" von Kristina Schreiber*
*(aus der Anthologie „Sonnen-Erwachen: Facetten des Aufbruchs,*
*Books on Demand, 2024)*

Sie löste sich aus Ryders Umarmung, aber nur so weit, dass sie die Architektin ansehen konnte. Da entdeckte sie eine tiefe Melancholie in Ryders karamellfarbenen Augen, die ihr bisher nicht aufgefallen war. Es war ein stummer Ausdruck des Verstehens. Sie spürte plötzlich eine Verbundenheit zwischen ihnen, die auf gemeinsamem Leid beruhte.

Ryder hob die Hand und hielt einen Moment inne, bevor ihre Fingerspitzen über Gemmas tränenfeuchte Wange strichen. Die Berührung war wie ein zarter Pinselstrich, als wäre ihre Haut eine Leinwand. Sie fühlte sich gesehen. Ryder gab ihr das Gefühl, nicht nur eine Hausfrau zu sein, sondern ein vollwertiger Mensch, ein Kunstwerk der Schöpfung.

Ehe sie selbst begriff, was sie tat, beugte Gemma sich vor und schloss die Augen – und ihre Lippen fanden die von Ryder.

Die ungewohnte Sanftheit sandte einen elektrisierenden Strom durch Gemmas Körper, der ihr schier den Atem nahm. Ein Gefühl, das ihr völlig neu war. Ein Kuss, der nicht von Verpflichtung und Routine, sondern von Anziehung und Sehnsucht geprägt war. Er vereinte gemeinsames Leiden und verhaltene Begierde zu einer innigen Verbundenheit, wie Solomon sie in seinem Kunstwerk zwischen Sappho und Erinna festgehalten hatte.

*Zitat aus „Daphnes Töchter" von Katja Jansen*
*(S. 18, Wreaders Verlag, 2025)*

„Warte, ich komme runter." Mit den Worten zog Jolene ihren Körper nach unten, bis auch sie unter den Decken verschwunden war. Dort herrschte eine umarmende Wärme, die leicht drückte, aber auf eine angenehme Art.

Agnes' stahlgraue Augen befanden sich nun mit Jolenes grünen auf einer Höhe. Die beiden Frauen verschränkten die angewinkelten Beine miteinander. Agnes schlang beide Arme um Jolene, während die ihre Hände zwischen den Schößen der beiden faltete.

„Guten Morgen", flüsterte Jolene erneut, diesmal leise und voller Liebe. Ihre Nase stupste gegen die ihrer Frau.

„Guten Morgen", erwiderte Agnes und ein Lächeln ging über ihr Gesicht, das man mehr fühlen als sehen konnte.

Beide küssten sich auf die Art, die Zeit vergessen ließ.

„Ich bin da", murmelte Jolene. „Immer. Und ich liebe dich. Immer. Auch wenn die Dinge ab und zu hektisch sind und wir wenig Zeit haben können."

„Ich weiß. Ich liebe dich auch. Immer und immer wieder."

Der nächste Kuss dauerte noch länger und Jolene fühlte, wie Agnes mit den braunen Locken spielte, die ihr bis auf den Rücken hingen.

*„Zwei Decken gegen den Rest der Welt" von Lukas Brückner*
*(veröffentlicht via Weblog)*

„Du siehst nicht so aus, als ob du jetzt aufhören könntest." Wenn Jonna lacht, bilden sich unzählige klitzekleine Fältchen um ihre Augen herum und lassen sie noch bezaubernder aussehen. „Darf ich?" Fragend schaut sie mich an, obwohl wir die Antwort beide kennen.

… Kaum merklich nicke ich, weil mir die Worte fehlen und schlinge meine Arme um Jonnas Hüften. Unendlich viele Küsse tanzen zwischen unseren Mündern, bevor sie sich auf mich legt und mir sanft in den Hals beißt. Mühelos finden ihre Finger den Weg in meine warme Mitte. Dreizehn dreiste Superhelden zwinkern mir verschwörerisch zu, als ich Jonna auf den Rücken drehe und mich auf sie setze. Zwei Minuten später explodiert die Erde in eine Million klitzekleiner Einzelteile. Schwerelos schweben wir durchs All.

Meteoritenhagel in tausend bunten Farben streifen lautlos an uns vorüber, während Jonna mich hält, damit ich nicht verlorengehe. Irgendwer im Kosmos nickt wissend, während der Mann im Mond stoisch schweigt. Ebenfalls wortlos umfängt uns die Finsternis mit warmen Armen. Eng umschlungen tragen uns die stillen Stunden zwischen zwei Tagen sicher durch die Nacht. Es ist gar nicht so schlimm, aus der Welt zu fallen, wenn man dabei nicht allein ist.

*Zitat aus „Feuer, Wasser, Liebe" von Julia Dankers*
*(Kindle Direct Publishing, 2022)*

Ainsley brach das Schweigen. „Ich bin asexuell, wie ich schon sagte, aber ich liebe es zu küssen. Und ich würde dich jetzt sehr gerne küssen. Wenn du das willst", sagte they leise.

Gavin seufzte – ein Ausdruck der Erleichterung, als ob eine schwere Last von seinem Körper genommen worden wäre. „Ich dachte, du würdest nie fragen", antwortete er mit heiserer Stimme.

Ainsley beugte sich vor und küsste ihn. Dieser Kuss war eher wie eine Frage oder eine sanfte Einladung zum Tanz. Nur eine sanfte Berührung ihrer Lippen. Gavin lehnte sich hinein und bald wurde der Kuss wie ein Tanz, voll von all den Gefühlen, die er so lange unterdrückt hatte. Seine Finger fuhren durch Ainsleys lockiges graublondes Haar und er spürte their Hand auf seinem Rücken, auf seinen Schulterblättern.

*Zitat von „Ein Konzert für einen guten Zweck*
*mit den Demonettes" von Amalia Zeichnerin (epubli, 2024)*

Der Jubel, der ausbricht, ist überwältigend. Falko, Pia, Colin, springen von ihren Plätzen auf. Joana und ihr Mann schreien vor Freude am Seitenstreifen und ich renne zu Elaine, die mir in den Arm fällt. Jubelnd sehen wir einander an. Wir brüllen vor Freude. In der Luft steht pure Vertrautheit. Ich fühle mich so, als wäre meine Seele mit ihrer verknotet, für immer verbunden. Elaine legt ihre Hand auf meine Wange und ich versinke in der wohligen Wärme.

„Hast du das gesehen?!", ruft sie.

„Das war perfekt!", brülle ich zurück. Unsere Lippen sind vielleicht ein paar Millimeter voneinander entfernt. Ich halte sie noch immer im Arm.

„Küss mich, Dani", sagt sie. Die Lücke schließt sich und federleicht treffen ihre Lippen auf meine. Ich werde durch das Universum geschossen. Jedes Atom und jedes Teilchen um mich herum tanzt. Am Himmel schimmern tausend Polarlichter. Es gibt nichts anderes auf der Welt als Elaine und mich. Wir verlassen die Erde, schweben durch tausende Galaxien und werden eins. Es gibt 500.000 Wörter in unserer Sprache und trotzdem könnte ich niemals beschreiben, wie es sich anfühlt, sie zu küssen. In mir explodieren tausende Feuerwerke, jedes Mal, wenn sich unsere Lippen berühren. Das hier ist tausend Mal besser als sterben. Für das hier, würde ich Millionen Jahre leben.

*Zitat aus „Der Grüne Fleck im Schwarz" von Talia May*
*(Kindle Direct Publishing, 2024)*

Mein Atem geht flach, als ich deinem Blick begegne. Dunkel, herausfordernd, voller unausgesprochener Versprechen. Die Hitze zwischen uns flirrt in der lauen Sommernacht, verstärkt von der Dunkelheit der Gassen, den Schatten der Häuserschluchten um uns herum. Wir haben zu oft geglaubt, uns darin verstecken zu müssen.

Aber heute Nacht gehört nur uns.

„Sag mir, dass du das nicht willst", murmelst du, deine Finger streifen meine Taille – kaum mehr als eine federleichte Berührung, aber sie brennt sich in meine Haut.

Ich könnte es sagen. Sollte es vielleicht sogar. Doch dann spüre ich deine Lippen an meiner Wange, knapp neben meinem Mundwinkel, spüre, wie du zögerst, wie dein Atem an meiner Haut tanzt. Die Spannung ist unerträglich. Du überbrückst den letzten Abstand, fängst mein Keuchen zwischen deinen Lippen ein. Dein Kuss ist fordernd, ein Spiel aus Zähnen und Zunge. Hungrig erkundend. Ein leises Knurren aus deiner Kehle, während du mich gegen die raue Backsteinwand drängst.

Deine Finger krallen sich in meinen Nacken, ziehen mich näher, tiefer, bis alles, was zählt, der Geschmack von Sommer, Hitze und dir ist. Deine Hände gleiten über meine Seiten, warm und sicher, neu und dennoch vertraut.

Wir sind beide atemlos.

Und ich weiß – das hier war nur der Anfang.

*„Velvet Heat" von Jennifer Kuro*
*(bisher unveröffentlicht)*

Endlich drehte er sich mir zu, ein Lächeln auf den Lippen. „Warum ist mein Freund eigentlich so weise?"

Mir blieb eine Erwiderung im Hals stecken. Sein Freund, ich war sein Freund, wir waren zusammen. Amaliels Lächeln wurde bei meiner Stille noch breiter und seine Hand verfing sich in meinen Haaren, als er sich zu mir beugte. Sein Atem ging flach, ein Zeichen seiner Unsicherheit.

„Soll ich es nochmal sagen?", flüsterte er gegen meine Lippen.

„Bitte." Meine Stimme war kaum noch zu hören, meine Lider schlossen sich flatternd.

„Du bist mein Freund, Delian. Mein Delian", murmelte er, bevor er mich küsste. Ich seufzte bei der Berührung und rückte näher zu ihm. „Mein Delian", wiederholte er und grinste gegen meine Lippen.

„Halt die Klappe." Ich wurde rot, küsste ihn und ließ mich in seine sanften Berührungen fallen.

— 99 —

*Zitat aus „Wie zwei Geister im Universum" von Tess Rayleigh*
*(veröffentlicht auf Wattpad)*

Er musste ihn jetzt festhalten, bevor der Moment verflog. „Okay. Aber sag mal ... wie stehst du eigentlich zu Küssen beim ersten Date?", fragte er ein wenig atemlos.

Yuki drehte sich sofort zu ihm, als hätte er nur auf diese Worte gewartet. Langsam ließ er Elijahs Hand los, doch nur, um seine Handflächen behutsam an Elijahs Wangen zu legen. Die Wärme dieser Berührung perlte durch Elijahs Körper wie ein sanfter Strom. Sein Herz schlug schneller, als er spürte, wie Yukis Daumen leicht über seine Haut strich – eine Geste, die gleichzeitig so zärtlich und voller Sehnsucht war. „Darf ich dich wirklich schon küssen?", flüsterte er.

Elijah nickte, und das Herz schlug ihm bis zum Hals, da berührten sich ihre Lippen auch schon. Der Kuss war wie der erste Hauch eines neuen Morgens – sanft, zärtlich, fast unschuldig. Doch unter dieser zarten Berührung pulsierte ein Versprechen – auf Leidenschaft, auf Nähe, auf eine gemeinsame Zukunft voller Wunder.

*Zitat aus „Elijah – The spell of Halloween nights" von Eva Lucia Bolsani*
*(Kindle Direct Publishing, 2024)*

Auf Fees Haut breitete sich eine Gänsehaut aus, als Milia ihren Arm um sie schlang. Nur noch wenige Zentimeter waren sie voneinander entfernt … Sie legte ihre Hände an Milias Hüfte. Gemeinsam bewegten sich ihre Körper zur Musik und wurden zu einer Einheit. Sie rückten noch ein Stück näher zueinander und Fees Hand wanderte hoch zu Milias Hals, während sie weiter wie hypnotisiert Milia anschaute, ihren feurig roten Mund … Ihre Lippen trafen die ihren. Nun verschwamm der Raum für Fee. Erst langsam und vorsichtig, und nachdem die erste Schüchternheit überwunden war, intensiver, stürmischer. Sie tauchten aus dem Kuss wieder hervor, tanzten weiter, eng aneinander und immer wieder trafen sich ihre Lippen, immer wieder tanzten ihre Zungen zusammen. Fee bekam nicht mehr mit, wie viele Songs wechselten, wie viel Zeit verstrich, da sie tanzten, einander berührten und küssten …

*Zitat aus „Auf schwingenden Saiten“ von Nadine Nakos*
*(bisher unveröffentlicht)*

Ihre langen weichen Locken waren so bunt wie ihr Name. Lila.

Als unsere Blicke sich trafen, waren wir längst keine Fremden mehr, und sahen uns dennoch zum allerersten Mal. Um uns herum lauter glücklich eskalierende Menschen und Provinz auf der Bühne.

"Teilst du für'n Lolli dein Bier?", rief sie mir strahlend zu.

Grinsend tranzte ich mich durch die Menge. Gerade bei ihr angekommen, griff sie nach meiner Hand und zog mich einige Meter hinter sich her, heraus aus dem Partypulk.

"Hab nach dir gesucht, Misha. Sammy meinte, du hast keine Lollis mehr."

Sie war die einzige Person, die niemals ohne Lollis in der Tasche das Haus verließ. Bescheuert süß einfach.

"Erwischt. Bin zuckersüchtig, und somit komplett verloren", entgegnete ich, als sie meine Flasche ansetzte und einen großen Schluck nahm.

"Da ist Lippenstift dran! Wen hast du geküsst?, wollte sie mit gespielt dramatisch hochgezogener Augenbraue wissen.

"Ach Lila, ich hab doch selbst Lippenstift drauf." Zum Beweis formten meine Lippen einen Kussmund.

"Und ich würde außerdem auch keine andere küssen", schob ich lachend hinterher.

"Also, küssen wir uns denn dann jetzt endlich?", fragte sie herausfordernd, während sie mir eine Haarsträhne aus dem Gesicht strich.

Bevor unsere Lippen sich trafen, ließ ich meine Zungenspitze sanft über ihre gleiten. Sie schmeckte nach Erdbeeren.

"Du und ich und der Sommer. Wir machen Liebe zu dritt" dröhnte es aus den Boxen.

Ein unvergesslicher Festivalsommer lag vor uns, mit viel aufgeheizter Haut, kaltem Astra und Lilas Erdbeermund.

*„Misha & Lila" von Tina Flocke*
*(bisher unveröffentlicht)*

Edulis zog ihn sanft an den Schultern zu sich heran. Der Blick in seinen braunen Augen war so verständnisvoll und voller Zuneigung, dass Levin die Tränen nicht mehr zurückhalten konnte. „Ich bin für dich da. Ich weiß, dass wir gerade mit viel zu kämpfen haben, aber wir werden es schaffen. Gemeinsam." Er strich ihm sanft mit der Hand über die Wange.

Levins Kopf schaltete sich aus. Er wurde von seinen Gefühlen übermannt und legte seine Arme um Edulis, zog seinen Kopf zu sich heran und küsste ihn. Der Magier schien im ersten Augenblick überrascht, dann spürte Levin ein leichtes Zucken seiner Mundwinkel und Edulis erwiderte den Kuss.

Levins Herz raste noch immer, doch der flatternde Zustand, in dem es sich nun befand, war weitaus angenehmer als das hektische Pochen zuvor. Berauscht von der plötzlichen Leichtigkeit und den Glücksgefühlen, die den Knoten in seinem Magen auflösten, schob er Edulis an die Wand. Der Magier stieß ein überraschtes Keuchen aus und unterbrach den Kuss für einen Wimpernschlag. Sie schauten sich an, grinsten und Levin vergrub seine Hände in Edulis' dunklen, weichen Locken, als sich ihre Lippen erneut trafen.

*Zitat aus „Der Fluch des Diamantdolchs, Steinblüten-Reihe Band 3" von Johanna Tiefenbacher (S. 16-17, Kindle Direct Publishing, 2023)*

„Ah! Da bist du ja endlich! Wo hast du nur wieder gesteckt?"

Ronja grinste schief, schloss den Eiskasten und trat an Sanja heran, die gerade den kleinen Tisch deckte. Behutsam schob sie ihre Arme um ihre Taille und hauchte einen Kuss auf den zarten Nacken ihrer Freundin.

„Tut mir leid, hatte das Eis vergessen." Ronja schnupperte hörbar. „Riecht lecker. Das Essen auch."

Sanja drehte sich kichernd zu ihr um und schlug sie spielerisch mit dem Geschirrtuch.

— 99 —

*Zitat aus „Die Findelgardistin II" von Stef Helmel*
*(bisher unveröffentlicht)*

Ich stehe hier.

Vor dir.

Und ich weiß nicht, was ich sagen soll.

Wir haben das alles auseinandergenommen. Jede Möglichkeit in Betracht gezogen.

Haben gesagt, wir sind nicht bereit dafür. Nicht bereit für uns.

Denn wir sind nicht einfach nur zwei Menschen für die Leute. Wir sind zwei Männer und wenn wir uns lieben, lieben sie uns nicht mehr.

Dann verlieren wir.

Jeden Tag ein kleines Stückchen mehr.

Wir wollen doch aber beide Gewinner sein.

Draußen auf dem Feld, aber auch bei unseren Freunden. Unseren Familien. Unserem Team.

Es ist nicht nur Fußball. Es könnte unser Leben sein.

Zumindest wenn wir nicht wir sind.

Nur Team-Kollegen. Nur Freunde. Nur Menschen, die sich *bis bald* statt *Gute Nacht* sagen.

Weil wir nicht wissen wollen, wie der Hass schmeckt und nicht ertragen können, wenn sie uns dafür vom Feld nehmen.

Und doch stehe ich hier.

Vor dir.

Immer wieder.

Und dann leuchten deine Augen heller als meine Träume.

Es ist nur ein kleiner Moment, hier auf dem Rasen, auf dem wir sonst unseren Träumen hinterherjagen. Aber ich frage mich, wie gut wir noch rennen können, wenn uns das, was nicht sein darf, langsam auffrisst.

Du siehst mich an und ich weiß es.

Und dann stehe ich nicht mehr vor dir.

Sondern mit dir.

Deine Hände an meinen Wangen.

Deine Lippen auf meinen. Süß und fordernd zugleich.

Ich schmecke deine Sehnsucht.

Will sie kosten, bis in alle Ewigkeit.

Ein Kuss, der mehr als Träume wiegt.

Weil wir wir sind.

Und wir sind genug.

*„Verschossen" von Ju Hex*
*(bisher unveröffentlicht)*

„Das hätte ich schon vor dreißig Finstermonden tun sollen", keuchte Alexis zwischen zwei Küssen.

„Ich denke, das wäre seltsam gewesen", raunte Ena, die Hände im seidigen Haar der Magierin vergraben.

„Vermutlich … Ja, ich denke du hast recht."

Alexis legte ihre Stirn an Enas, atmete tief ein, schien ihren Duft in sich aufnehmen zu wollen. Aus der Leidenschaft war eine verzweifelte Ruhe geworden, die ein nagendes Gefühl in ihrem Magen hinterließ. Etwas würde geschehen, so viel stand fest. Und hatte Alexis es an diesem Abend nicht mehrfach gesagt? Sie würde verschwinden. Es würde enden. Sie hatte ihr Versprechen nicht gehalten.

„Wir hatten einen Deal, Alexis." Die Worte schnitten durch die Stille wie die Waffen aus Turmalinstahl in ihrer Heimat.

Die Magierin lehnte sich zurück, brachte Abstand zwischen sie beide und Ena wurde schlagartig kalt. Zu weit entfernt.

*Zitat aus „Dunkelherz" von Caro Grimm*
*(aus „Finsterglut", S. 162-206, 2023, Kindle Direct Publishing)*

Er packt mich hart an den Oberarmen und ich schmelze unter der Berührung, besonders, wenn er mich so verlangend ansieht. Das ist ja total mein Ding. Am liebsten würde ich mich fallen lassen, ihm mein ganzes Sein schenken und hoffen, dass er gut darauf aufpasst – auf mich.

Und dann … dann küsst er mich. Er presst seine Lippen so hart auf meine, dass ich keuchen muss.

Seine Hände wandern über meinen Rücken, hinterlassen auf ihrem Weg zu meiner Taille eine Spur aus Hitze, die mich nach Atem japsen lässt.

Dale zu küssen … Ihn zu riechen, zu schmecken … Den süßen Alkohol von seinen Lippen zu lecken und ihn leicht zu necken, indem ich ihm in die Unterlippe beiße … Ich bin im Himmel.

„Hey." Dale grinst mich tadelnd an, ehe er seine Hand an meine Wange legt und sich einen weiteren Kuss stiehlt.

Da sind Funken. Überall sind Funken. Sie breiten sich in meinem Brustkorb aus, explodieren und kribbeln überall auf meiner Haut. Es ist nur ein Kuss, aber es ist auch so viel mehr.

Und dann sieht Dale mich an – mit diesem Blick – einem Blick, der meine Beine weich werden lässt.

— 99 ———

*Zitat aus „Zirkuslichter 3" von Hiroki Jäger*
*(Books on Demand, 2023)*

Es fehlte kein Zentimeter zu einem Kuss. Würde Lili es wagen? Sollte Nina es wagen? Ihre kleinen, fast zufälligen und doch so klaren Zärtlichkeiten im Kino waren im Schutz der Dunkelheit passiert. Jetzt waren sie hier im Park, in voller Sonne. Ausgeliefert. Offensichtlich. Unmissverständlich.

Während sie ihre Alternativen abwog, tat Lili schon den letzten Schritt, die kaum merkliche Bewegung, die es noch brauchte, damit ihre Lippen auf Ninas landeten. In ihr explodierte ein Feuerwerk. Der Erregung, des Glücks, der Euphorie, der Aufregung. Lilis Lippen schmeckten so, wie sie aussahen. Süß, sanft, sinnlich. Der Kuss war alles, was er versprochen hatte, was sie sich je ausgemalt hatte. Zärtlich, leidenschaftlich, verspielt, fordernd. Lilis Hand strich durch Ninas Haare, über die glatt rasierten Stoppeln hinter ihren blonden Strähnen. Ein Schauer der Verzückung durchfuhr sie. Mit zittrigen Händen suchte sie Lilis nackten Arm, ertastete, dass sie ebenso eine Gänsehaut hatte. Sie rückte noch ein Stück näher an sie heran, falls das überhaupt ging, ohne sich direkt auf sie zu setzen, drückte sie an sich. Sie wollte sie spüren, so nahe und eindringlich, wie es in der Öffentlichkeit möglich war.

*Zitat aus „Love Friends Vienna Staffel 1: Anfänge und Neuanfänge"*
*von Sandra Andrés (S. 122, tolino media, 2025)*

Gitarrenklänge und die sanfte Stimme von Billie Eilish erfüllten den Raum, das Licht war gedämpft. Pias Herz klopfte aufgeregt in ihrer Brust, obwohl die Atmosphäre um sie herum so viel Wärme und Behaglichkeit ausstrahlte. Sie saßen sich gegenüber. Beide im Schneidersitz auf Pias Sofa, ihre Knie berührten sich. Samira sah sie an, in ihren Augen lag eine Mischung aus tiefer Zuneigung und aufgeregter Erwartung.

Sie kannten sich erst seit wenigen Wochen, waren einige Male ausgegangen. Auch wenn sie schon intensive Gespräche geführt hatten, fühlte sich für Pia alles noch neu und fremd an. Pias Atem ging schneller, als sie sich vorbeugte und ihre Hand sanft auf Samiras Wange legte. Es war nicht die Kurzatmigkeit, die sie sonst ab und zu außer Atem brachte. Es war etwas anderes, weniger beängstigend.

Für einen Moment schloss Samira die Augen, bevor sie Pia ansah. Sie schien etwas sagen zu wollen, aber die Worte blieben unausgesprochen.

Pia strich mit dem Daumen über Samiras weiche Haut. „Darf ich?", fragte sie. Leise. Flüsternd.

Der Kuss schmeckte süß. Nach der Limonade, die sie vorhin geteilt hatten. Fast ehrfürchtig erwiderte Samira den Kuss, als wolle sie sichergehen, dass sich jeder Augenblick in ihr Gedächtnis einbrannte. Dann fanden ihre Hände Pias Taille, Samira löste den Schneidersitz und zog sie näher zu sich. Pia ließ sich darauf ein. Samira zu küssen war mehr als eine Geste, es war der Ausdruck von Nähe, Vertrauen und all dem, was sie sich in den letzten Wochen nur in Blicken und leisen Worten offenbart hatten.

*„Von Anfängen und Abschieden" von Sonja Bethke-Jehle*
*(bisher unveröffentlicht)*

Sein warmer Atem streifte sies Ohr, sicherlich mit Absicht. Jedoch verfehlte er seine Wirkung nicht. Shins Gedanken gerieten ins Stocken, verflüchtigten sich, ehe sie sich vollständig entwickeln konnten. In einer geistigen Umnachtung erhob sier sich abrupt, drehte sich um und stützte sich mit beiden Händen auf der Tischkante ab. Trotz der plötzlichen Bewegung war Rurák ganz nah bei siem, beugte sich sogar näher zu siem herunter. Wieder mit diesem durchdringenden Ausdruck in seinen Augen.

„Wirst du mich –?" Ein Finger berührte ganz sachte siese Lippen und brachte sien damit zum Schweigen. Ebenso zart wie seine Berührung umspielte ein Lächeln seinen Mund und ließ Shin ohne jeden Zweifel sehen, was er fühlte.

„Nur, wenn du das möchtest", flüsterte Rurák und hauchte dem Ganzen etwas Mystisches, Verbotenes ein. Es kribbelte in siesen Fingerspitzen, in den Zehen, den Lippen – überall, während sier kaum genug Luft holen konnte, um einen klaren Kopf zurückzuerlangen. Siem fehlten die Worte und sies sonst so scharfer Verstand ließ sien ebenfalls im Stich. Nichts ergab Sinn. Alles schien fremd und neu, so war es doch viel zu lange her, seit sier solcherlei Gefühle für jemanden empfunden hatte. Jahrhunderte, Jahrtausende … Sier hatte die Jahre nicht gezählt.

Da Shins Verstand ausgesetzt hatte, nickte sier, starrte Rurák erst in die Augen, dann auf seinen Mund. Zögerlich näherte sich Rurák, hielt knapp über Shins Lippen inne, während sier schwer atmend um Fassung rang. Als wollte er sich absolut sicher sein, wartete er einen weiteren Atemzug lang, ehe er den letzten Abstand zwischen ihnen überwand und ihre Lippen aufeinandertrafen. Beide zauderten sie, doch keiner zog sich voreilig zurück. Die Leichtigkeit des Kusses überraschte Shin – im positiven Sinne. Sier küsste ihn weiter, wenn auch zögerlich, schloss die Lider, genoss das weiche Gefühl von Ruráks Lippen auf siesen, ohne sich von den Hauern irritieren zu lassen. Kurzzeitig vergaß sier sogar zu atmen, unterbrach den Kuss, um nun doch tief Luft zu holen und leckte sich dann über die bebende Unterlippe.

*Zitat aus „Das Urteil des roten Drachen" von Alenor J. Stevens*
*(Books on Demand, 2025)*

Noas dunkle Augen funkelten voller Leidenschaft. In ihnen spiegelten sich die tanzenden Flammen des Kamins. Ein Feuer, das auch zwischen uns loderte? Vorsichtig lehnte ich mich zu ihr herüber, legte Daumen und Zeigefinger an ihr Kinn und zog ihre Lippen nah an meine, bis ich kurz vor ihrer Berührung innehielt. Meine Augen schlossen sich wie von selbst, genossen ihren zarten Atem auf meiner Haut.

„Mariel", flüsterte Noa, ihre Stimme verlangend. Sie griff meine Schulter, packte fest in meinen Pullover und überbrückte den letzten Abstand zwischen uns.

Ihre Lippen auf meinen zu spüren ließ die Welt stillstehen. Sie waren weich, voll, umschlossen meine bedacht, gefühlvoll und dennoch entschlossen. Meine Hand wanderte über ihre Wange, griff ihren Hinterkopf und zog sie enger an mich heran. Auch Noa schien sich nach meiner Nähe zu sehnen. Sie stand auf, während sie mich weiterhin küsste, setzte sich auf meinen Schoß und presste ihren Körper fest an meinen. Himmel. Noa auf mir zu wissen raubte mir jeglichen Verstand.

„Du bist so schön", flüsterte ich zwischen unseren Küssen. Ich spürte ihr Lächeln auf meinen Lippen. Ihre Hand wanderte meinen Hals hinauf, drückte verlangend zu, was mir den Atem raubte. Dann strich sie mir liebevoll mit dem Daumen über mein Kinn, wich zurück und strich über meine Unterlippe.

„Du bist schön", gab sie zurück und küsste mich noch einmal; leidenschaftlicher, fordernder.

*Zitat aus "Stille Winternächte" von Christina Caglioti*
*(Kindle Direct Publishing, 2024)*

„Jules …" Maries Atem streift mein Ohr, jagt mir eine Gänsehaut über den Körper. „Darf ich dich küssen?"

Im flackernden Licht des Clubs wirken ihre Augen viel grüner als in der Uni.

„Aber …" Ich nicke in Richtung des Typen, der uns von der Bar aus beobachtet.

„Das ist mein bester Freund. Ohne seine Hartnäckigkeit wäre ich nie hergekommen, um dich das zu fragen. Er war mein Geschmachte leid." Sie lacht — und dieses Geräusch, kaum hörbar über die Musik, spüre ich überall. „Ich werde dich nicht küssen, wenn du nicht willst." Ihr Atem kitzelt an meinem Ohr, an meinem Hals, in meinem Herz. „Aber … darf ich?"

„Okay", hauche ich, denn das Kribbeln in mir wird unerträglich.

Aber es ist nichts gegen den Blitz, der durch meinen Körper schießt, als ihre Lippen auf meine treffen. Er pulsiert im Rhythmus der treibenden Beats und Hitze, nistet sich unterhalb meines Bauchnabels ein.

Maries Lippen sind weich, die erste Berührung zart, kaum wahrnehmbar – wäre ich nicht mit allen Sinnen auf sie konzentriert. Ich beuge mich ihr entgegen, in diese Zärtlichkeit hinein. Sie verzieht den Mund zu einem Lächeln und ich seufze, als sie eine Hand in meinen Nacken gleiten lässt, mich näher zieht, während ihr Daumen meinen Kiefer streichelt.

Meine Knie werden weich, als Marie im Rhythmus der Musik mit der Zunge über meine Unterlippe streicht. Bereitwillig öffne ich meinen Mund, komme ihr entgegen, während sich die tanzwütige Menge wie ein einziger Organismus um uns bewegt.

Die Wahrscheinlichkeit dieses Kusses hätte nicht einmal unsere Statistikprofessorin berechnen können.

*„Club-Küsse" von Anna E. Frank*
*(bisher unveröffentlicht)*

Sie schnappt sich ihren Stuhl und rückt ihn ganz nah an mich heran. Kaum hat sie ihn an der für sie richtigen Position, setzt sie sich und schmiegt sich ganz dicht an mich. Wärme durchströmt mich. Sie ist mein Zuhause, mein Alles, meine einzig wahre Liebe. Sachte, greift sie nach meiner Hand, nimmt sie in beide Hände. Mit ihrem Finger streicht sie mein Regenbogenarmband nach, das ich 24/7 trage, als wäre es aus den kostbarsten Materialien. „Mami, dein Armband ist wunderschön. Der Regenbogen ist so toll und etwas ganz Besonderes." Ja, meine Tochter, das ist er. Sanft streichele ich über ihr weiches Haar und küsse sie zärtlich auf ihren Kopf. Und du wirst in dem Glauben aufwachsen, dass Liebe nun einmal Liebe ist. Egal in welcher Farbe des Regenbogens sie erstrahlt. Sie ist wahr und richtig.

*„Kuss der Unschuld" von Nora Brüning*
*(bisher unveröffentlicht)*

Tiff stand fast regungslos am Dachfenster.

„Bist du immer noch sauer?" Nina lächelte und hoffte, Tiffs Herz erweichen zu können.

Aber Tiff brummte nur.

„Komm ins warme Bett." Nina streckte sich und griff nach Tiffs Handgelenk, um ihre Freundin zu sich aufs Bett zu ziehen. Doch Tiff wehrte den Griff ab.

„Ich finde es faszinierend, das Licht eines Sterns zu sehen, der so weit von uns entfernt ist, dass er vielleicht schon erloschen ist, wenn sein Licht bei uns ankommt. Erinnerst du dich? Am Anfang unserer Beziehung haben wir uns oft die Sterne angesehen. Tiff sah sie an. „Das fehlt mir", fügte sie leise hinzu.

Nina rieb sich die Augen. Sie war erschöpft von dem Streit und gleichzeitig erleichtert, dass Tiffany offenbar bereit war, ihn hinter sich zu lassen. Sie lächelte. „Ich erinnere mich."

„Komm her." Tiff streckte den Arm aus und berührte Ninas Hand. Sie zog sie zu sich heran.

Nur mit Unterhose und Schlafshirt bekleidet schälte Nina sich aus dem Bett. Sie fröstelte, aber Tiff nahm sie sofort in die Arme, ohne den Blick vom Fenster zu nehmen. Nina schaute nach oben. Der Nachthimmel war klar, über ihnen funkelten die Sterne. „Auch ein Stern, der schon tot ist, kann die Nacht noch erhellen", murmelte Nina und wusste nicht, ob es albern oder philosophisch klang. Sie legte ihre Wange an Tiffs Schulter und spürte, wie sich ihre innere Anspannung langsam löste.

„Ja", flüsterte Tiff.

Als Nina sie küsste, erwiderte sie den Kuss leidenschaftlich und vergrub ihre Finger in Ninas dichtem Haar.

*Zitat aus „Träume in Rot" von Sonja Bethke-Jehle*
*(Books on Demand, 2022)*

- Du bist schön.
- Wirklich?

Er schaut auf mich herab und lächelt.

- Glaubst du das nicht?

Doch, ich glaube es, Ich weiß, dass ich schön bin. Ich erkenne es, an der Art, wie Leute mich ansehen. Wie sie auf mich reagieren. Wie sie mit mir sprechen. Aber ich will es von ihm hören. Nur von ihm. Aus seinem wunderschönen Mund.

Immer wieder.

- Sag es noch mal!, fordere ich.
- Mein schönster David …, flüstert er und drückt mich an sich.

Ein Gefühl der Wärme breitet sich in meinem ganzen Körper aus. Ich will ihn nicht mehr loslassen.

- Sag, dass du mich liebst!, fordere ich weiter.

Er lacht ein zärtliches Lachen.

- Ich liebe es, dass du so forsch bist. Er drückt seine weichen Lippen auf meine.

Ich liebe es, wie schön du bist.

Dann halten wir uns fest in den Armen, bis es dunkel ist.

Ich fühle Hoffnung.

Da ist sie endlich. Meine Erlösung.

*Zitat aus „Nebelleuchten" von Arthur Yves Klein*
*(bisher unveröffentlicht)*

„Ich mag dich. Wirklich." Tilly grinst ebenfalls, ihre Wangen sind gerötet. Unsere Finger spielen miteinander, erkunden sich. Mir wird erst jetzt bewusst, wie nah wir uns in den letzten Minuten gekommen sind. Und sie nähert sich weiter, ihr Gesicht schwebt direkt vor meinem.

„Ich mag dich auch." Der Hauch, den ihre Worte verursachen, streift meine Nasenspitze, meine Lippen. „Und ich wollte dich fragen, ob … ob ich …" Ihre Stimme bebt.

Ich weiß, was sie sagen will, auch wenn ich es kaum glauben kann. „Ja", flüstere ich und lasse meine Hand ihren Arm hinaufwandern, bis ich sie an ihre Wange legen kann. Sie ist unglaublich weich unter meinen Fingerspitzen. Vorsichtig berühre ich ihr Haar, die Strähne, die auf ihrer Wange liegt, und streife sie beiseite, um Platz für meine Hand zu machen.

Tilly lächelt ihr verführerisches Lächeln und legt ihren Mund auf meinen. Ganz sanft, warm und weich, schmiegen unsere Lippen sich aneinander, verharren kurz. Millionen von Funken versprüht dieser Kuss in meinem Körper. Mein Herz ist so voll, pocht so euphorisch in meiner Brust, dass das Rauschen des Wasserfalls vollkommen in den Hintergrund gerät. Ich schmecke einen Hauch Salz, womöglich von der Gischt. Ein Salzkuss auf meinen Lippen.

*Zitat aus „Wir, ein Leuchten wie die Nordlichter" von Yara Elison*
*(S. 130, tolino media, 2025)*

Jonathan hielt inne, als David vor ihm auf die Knie fiel. Sein Herz pochte, wild, unaufhaltsam, als drohe es aus seiner Brust zu springen. Er beugte sich hinab, legte die Hände sanft an Davids Schultern und zog ihn vorsichtig zu sich. In diesem Moment war alles andere fern – keine Krone, kein Vater, kein drohendes Schicksal. Nur sie.

David hob den Blick, seine dunklen Augen glänzten im flackernden Licht. „Deine Liebe war mir mehr als die Liebe einer Frau", flüsterte er bebend. Jonathan schluckte schwer. Wie oft hatte er versucht, die Wahrheit zu leugnen, zu verdrängen, sich einzureden, dass sein Herz nicht schon längst verloren war?

Er hob eine Hand, ließ seine Finger über Davids Wange gleiten, fühlte die Wärme, das Zittern unter seiner Berührung. Er schloss die Augen. Ihre Lippen fanden sich, suchend, verlangend, als könnten sie in diesem Kuss all das sagen, was sie nie laut aussprechen durften.

Es war kein schüchterner Kuss. Kein vorsichtiges Herantasten. Sondern ein leises Flehen, ein Geben und Nehmen. Davids Hände glitten an Jonathans Rücken entlang, zogen ihn näher, als könnte er ihn für immer halten.

Als sie sich lösten, schmeckte David Salz auf seinen Lippen – Tränen, Schmerz und Liebe zugleich. Jonathan ließ seine Stirn gegen Davids sinken, seine Finger fuhren durch dessen schwarzes Haar, als wollte er sich jeden Moment einprägen.

„Geh", flüsterte er, seine Stimme kaum mehr als ein Hauch. „Bevor es zu spät ist."

*„Whispered Kiss – Der letzte Kuss (1. Samuel 20:41)"*
*von Nox Juvenell (bisher unveröffentlicht)*

Macks biss sich auf die Unterlippe. Simones Berührungen ließen sie innerlich beben und nach Luft schnappen.

„Ich weiß nicht, wovon du sprichst", presste sie hervor und packte Simones Hand.

„Ach nein?", fragte Simone mit einem Unterton, der Macks beinahe um ihren Verstand brachte.

„Nein", flüsterte Macks, drückte Simones Hand, die daraufhin ihre Augen schloss und die Luft scharf einzog.

Ein Feuer loderte in Macks auf und sie bemühte sich ruhig zu atmen.

Simone öffnete ihre Augen. „Doch, das weißt du. Wenn du mich jetzt nicht daran hinderst, dann werde ich dich küssen."

Das Lodern in Macks wurde zu einem Waldbrand. „Okay …"

Sie öffnete leicht ihren Mund.

Simones warmer Atem streifte ihren Hals.

Ehe Macks sich versah, glitten ihre Hände durch Simones Haare, weiter zu ihren Nacken. Dann zog sie Simone näher an sich heran. Der Wunsch, endlich Simones Lippen auf ihrem eigenen zu spüren war unerträglich.

Alles rund um sie herum verblasste und jeder Nerv in ihrem Körper stieß kleine Funken aus, als sich ihre Lippen berührten. Macks erwiderte den Kuss, ließ dabei ihre Hände Simones Rücken hinuntergleiten. An ihrer Hüfte angekommen elektrisierte sich der Stoff von Simones Kleid mit ihrem eigenen. Ruckartig hielt Macks inne. Simone aber flüsterte ihr ins Ohr: „Ich schätze, zwischen uns hat's gefunkt."

*Zitat aus "Macks – The Color of Music" von Josefine James*
*(Books on Demand, 2024)*

„Willst du wirklich?" Seine Zungenspitze befeuchtet kurz die Oberlippe.

„Mach schon. Bevor ich es mir womöglich anders überlege." Und du mich zu Fall bringst. Nein, nur ins Schwanken.

Er ... tut es wirklich.

Ein Kuss. Ein simpler, einfacher Kuss.

Markus haut mich um ein Haar so um, als ob er mir einen Schwinger verpasst hätte. Mein Schwanz jubiliert, mein Herz ist ... ganz woanders.

Seine Lippen, seine Zunge. Er. Muskeln und mehr. Viel mehr.

Kann nicht atmen, kann nicht denken.

Ein Kuss. Nur ein Kuss. Und ich falle tiefer, als er wissen kann.

— 99 —

*Zitat aus „Lions Roar" von Chris P. Rolls*
*(Main Verlag, 2013)*

Yavira trat auf sie zu, verharrte keine Handbreit vor ihrem Gesicht. „Ich will deine Gefährtin sein, Neviri. Keine Sklavin, keine Dienerin, keine Freundin. Wenn du mich wirklich liebst, dann bin ich deine Frau, deine Geliebte vor den Augen der Sehenden, dein pochendes Herz in der Dunkelheit." Yavira griff an die Kette um ihren Hals und riss das Amulett mit einem Ruck ab.

Augenblicklich flutete ein Wirbel aus Gefühlen auf Neviri ein.

*Angst, Freude, Verwirrung, Liebe, Panik …*

*So hat sie ihre Gefühle also all die Jahre vor mir verheimlicht.*

*Mit einem Sigillen-Amulett.*

"Mein Solcridh ist dein, Neviri", hauchte Yavira.

Neviri spürte die Kraft der Worte als Magie über ihre Lippen streifen. Ihr entkam ein leises Stöhnen, so sehnsüchtig, dass sie selbst davor erschrak. Ihr Blick huschte zu Tarjun und sie fand eine Mischung aus Glück und Anspannung in seinen Gesichtszügen vor. Wieder sah sie zu Yavira und bemerkte gerade noch, wie die glänzenden Augen der Rose an ihren Lippen hängen blieben.

"Ich würde dich so gerne küssen", flüsterte Yavira. "Ich habe lange davon geträumt."

"Dann tu es." Neviri hörte ihre eigene Stimme kaum.

Yaviras Hand glitt über Neviris Arm, hoch über ihre Brust, schmiegte sich in ihre Halsbeuge. "Sag es laut. So dass er dich auch hören kann."

"Küss mich!", stieß Neviri aus. "Küsst mich beide, bitte!"

Kurz zuckte ein Lächeln in Yaviras Mundwinkel, dann überwand sie den Abstand zwischen ihnen und ihre Lippen legten sich auf Neviris.

Yavira war hungrig, geradezu verzweifelt. Neviris Sinne wurden mit Verlangen geflutet, mit Lust und Glück.

Und noch etwas.

*Vertrauen. Sie vertraut mir.*

Und das war das schönste aller Gefühle.

Neviri ließ sich in diesen Kuss fallen, sie stürzte in Yaviras Umarmung, zerschmolz unter den tastenden Fingerspitzen auf ihrem Gesicht. Dann nahm sie Tarjuns Präsenz wahr, seine Wärme, seine Lippen auf ihrer Haut, seine Hände an ihrer Hüfte. Er zog sie an sich, so dass sie zwischen seinem und Yaviras Körper gefangen war. Sie seufzte, bäumte sich auf, erschauderte unter jeder noch so kleinen Berührung.

"Ich will mehr!", keuchte Neviri.

— 99 ——

*Zitat aus „Ein Spiegel aus Gold und Blut" von Yola Stahl*
*(tolino media, 2025)*

„Du hältst die Welt in deinen Händen, heute mehr als je zuvor. Wie kannst du –„

Caliyan führte seine Hand an seine Lippen und hauchte einen Kuss auf seinen Handrücken. Die Wärme, die davon ausging, ließ ihn erzittern. „Cal …"

„Wenn du mich so nennst, ist es, als würde ich nach Hause kommen. Ich will die Welt nicht. Ich will sie verändern. Mit dir."

„Was hast du vor?"

„Nicht ich. Wir. Unsere Träume. Unsere Ideale … Schreib für mich, bitte. Wir werden eine Welt erschaffen, in der du mich nicht brauchst, damit sie dir zuhören. Wir haben zwei Jahre." Cal lachte leise. „Es gibt unmöglichere Ziele."

— 99 —

*Zitat aus „Melodie der Asche" von Elya Adair*
*(S. 373, Knaur Taschenbuch, 2024)*

*Sag schon etwas. Irgendetwas*, flehe ich innerlich, als die Stille langsam unerträglich wird.

Doch das tut sie nicht.

Stattdessen beugt sie sich nach vorne und küsst mich. Ich vergesse, wie man Worte formt, wie man atmet, wie man existiert, denn als Louise' Lippen sich auf meine legen, löse ich mich auf. Ich verschmelze mit ihr, mit ihrer Berührung, kann gar nicht anders, als mich ihr komplett hinzugeben. Ich lehne mich in ihren Kuss hinein, öffne leicht den Mund, spüre, wie ihre Zunge zärtlich mein Inneres ertastet. Instinktiv vergrabe ich eine Hand in ihren Haaren, ziehe sie näher zu mir heran, als könnten wir so eins werden. Sie keucht auf, warmer Atem auf meinen Wangen, bevor sie sich erneut nach vorne beugt. Ich spüre ihren Körper eng an meinem, die sanfte Erhebung ihrer Brüste unter ihrem Kleid, die hervortretenden Schlüsselbeine, das Auf und Ab ihres Brustkorbs zwischen immer heftig werdenden Atemzügen. Ich will sie noch näher an mir fühlen, die Zeit auf ewig stehen bleiben lassen. Doch als ich meine Hand an ihre Wange lege, zuckt sie zusammen. Plötzlich löst sie sich von mir, ruckartig und schmerzhaft wie eine Bandage, die man von verkrustetem Blut wegreißt. Sie starrt mich an, keucht, die Wangen gerötet, das Gesicht glühend. Mit zitternden Fingern berührt sie ihre Lippen, die bis eben noch von meinen erkundet worden sind.

Schwer liegt das, was gerade geschehen ist, zwischen uns, drückt uns beiden die Luft aus den Lungen und raubt uns die Worte.

Sie hat mich geküsst. Louise hat mich geküsst.

*Zitat aus „Killing the Beast" von Evelyne Aschwanden*
*(S. 209, tolino media, 2022)*

Nina und ich waren in unserem eigenen Universum. Tanzten einen schwungvollen Lindy Hop zu dieser anachronistisch perfekten Swing-Musik und bei jeder Drehung kitzelten ihre Haare über mein Gesicht.

Meine Welt bestand ausschließlich aus weißen, pinken und braunen Wirbeln, die mich näher zogen.

Näher.

Näher.

Ihr Lippenstift war so pink wie das Muster ihres Kleids.

Ihre Lippen waren alles, was ich noch scharf sah.

Sie lächelten.

Lockten.

Als die Musik zu einem Crescendo ertönte, wurde alles in mir still.

Ich war die Viper. Tödlich. Unnahbar. Fokussiert.

Und ich war Violet, die ihr Ziel ausfindig gemacht hatte.

Nina.

Dieses Lächeln.

Ihr warmer Atem an meiner Wange.

Eine weitere Drehung. Ein weiterer Ruck.

Meine Arme schlossen sich um ihre Hüfte, holten sie näher zu mir. Ihre Brust drängte sich an meine.

„Hey", protestierte sie ein zweites Mal. Leicht keuchend. Ohne echten Protest.

Ihr Lächeln hatte sich verändert.

Ihre Lippen krümmten sich.

Dann lagen sie auf meinen.

*Zitat aus "A Bride for the Viper" von Kat Lionne*
*(S. 10, Kindle Direct Publishing, 2024)*

Aber bevor er sich darüber Gedanken machen kann, spürt er die kalte Betonwand an seinem Rücken. Erschrocken schnappt Alex nach Luft. Er schaut auf zu ihm, schaut ihm in die Augen.

„C-Caleb! Was ma-?!"

…

Träumt er sicher nicht? Passiert das Ganze hier wirklich? Am liebsten möchte Alex sich kneifen, aber sein Körper rührt sich keinen Zentimeter, gehorcht ihm nicht. Nur seine Lippen bewegen sich gegen die von Caleb. Überrascht von dem Kuss setzt Alex' Verstand aus. Er startet neu und muss erstmal wieder hochfahren. Erst dann bewegt sich auch der Rest von ihm wieder.

Er hebt seine Arme, führt sie über Calebs Schultern und greift an seinen Nacken. Als Antwort spürt er dessen warme Hände an seiner Hüfte. Seine Haut prickelt immer stärker unter den Berührungen seiner einzigen Liebe. Lange dauert es nicht, bis Caleb dem anderen mit seiner Zunge über die Unterlippe fährt, ihn in einen intensiveren Kuss einlädt. Ihre Zungen folgen den Schritten eines wilden Tangos. Sie bringen das Paket zum Glühen.

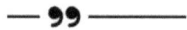

*Zitat aus „Maskierte Herzen" von Joana Hardt*
*(S. 219, Tredition, 2025)*

„Warum ich?"

„Warum nicht?"

Maria ließ Celines Antwort an sich abprallen und pustete auf ihren Tee, um ihn abzukühlen, mit mäßigem Erfolg. Selbst die Tasse war glühend heiß. Ständig schob sie sie von einer Hand in die andere und stellte sie schließlich ab. Der Tisch hatte schon bessere Tage gesehen. Weiße Farbe blätterte ab, darunter ein schmutziges Grau.

„Ignorierst du mich gerade?", wollte Celine wissen.

„Jup."

„Du glaubst mir nicht." Sie gab einfach nicht auf.

Maria seufzte. „Wem möchtest du etwas beweisen? Mir, oder dir selbst?"

„Ich will dich. Das weißt du."

„Hat sich gestern aber nicht so angefühlt." Das klang trotzig. Maria trotzte ihrer Sehnsucht, ihrem Wunsch, Celines weiches Haar durch ihre Finger gleiten zu lassen und all ihre Vorbehalte zu vergessen.

„Weil ich einen geschiedenen Mann und drei Kinder habe, glaubst du, dass ich nichts Echtes für dich empfinden kann?"

Ja. Das glaubte Maria. Aber vielleicht kam es darauf gar nicht an. Celines braune Augen schimmerten feucht. Verletzlichkeit lag in diesem Blick – und Hoffnung. Celine presste die Lippen zusammen. Rosige Lippen, die nicht verdient hatten, dass sich Celines Zähne vor lauter Nervosität in sie eingruben. Maria hatte ihr wehgetan mit ihrer Ablehnung.

„Also gut."

Celine lachte ungläubig. „Einfach so?"

„Einfach so."

Celine stand zögernd auf. Maria zog sie in ihre Arme, um ihre misshandelten Lippen mit Küssen zu besänftigen. Da war so viel mehr, das sie mit ihr tun wollte. Das Tischchen quietschte und wackelte, Tee schwappte über den Rand der Tasse, aber die beiden merkten es nicht.

*Zitat aus „Warum nicht?" von Anna Hellmich*
*(bisher unveröffentlicht)*

„Bitte, bleib am Leben." Mir brennen Tränen in den Augen. „Bitte."

„Hier." Er hält mir die Kette mit dem schwarzen Anhänger hin.

„Pass für mich drauf auf, bis ich zurück bin, okay?"

„Das ist das beschissenste Omen von allen!"

„Immerhin ist es kein richtiges Versprechen."

„Oder ein ›Ich liebe dich‹."

„Richtig, es ist alles, aber kein verficktes ›Ich liebe dich‹."

Hätte ich gewusst, wie schrecklich Abschiedsküsse schmecken, ich hätte auf diesen verzichtet.

— 99 —

*Zitat aus „Ignite my Dragon Heart" von Ela Bloom*
*(S. 284, Dark Empire Verlag, 2024)*

Erschrocken halte ich die Luft an. Gretas Lippen liegen feucht und weich auf meinen. Etwas in meinem Bauch beginnt heftig zu kribbeln und Wärme durchflutet meinen gesamten Körper, sammelt sich im Lustzentrum zwischen meinen Beinen, was mich erstaunt keuchen lässt. Gretas Mund verzieht sich kurz zu einem Lächeln, nur um mich erneut zu küssen. Ich kann nicht sagen, wonach sie schmeckt, doch ich fühle sie. Spüre ihre Trauer, ihre Wut und ihre Hoffnung und mich überkommt das Bedürfnis, sie von allen negativen Energien zu befreien. Sie hat es nicht verdient, so zu leiden. Ihr Herz hämmert einen wilden Takt, dem sich meines mit Freude anpasst und mich schwindelig werden lässt.

Gretas warme Hand liegt in meinem Nacken, zieht mich fordernd an sie und ich lehne mich ihr bereitwillig entgegen. Innerlich jauchzend surfe ich auf der Welle der Glückseligkeit, genieße diesen berauschenden Moment, der mich alles vergessen lässt. Vorsichtig stößt ihre Zunge gegen meinen Mund und ich gewähre ihr Einlass, umkreise sie mit meiner eigenen und kann nicht verhindern, dass mir ein leises Stöhnen entweicht. Schwer atmend lösen wir uns voneinander und ich taste zärtlich über die schwarzen Flecken ihrer Wimperntusche, die die Tränen unter ihren Augen zurückgelassen haben. Sie beugt sich wieder vor und drückt ihre Lippen auf meine Nasenspitze, auf meine Wangen, erst rechts, dann links.

„Du hast mich vom ersten Augenblick an verzaubert, Cassiopeia", flüstert Greta an meinem Mundwinkel und die Art, wie sie meinen Namen ausspricht, so sinnlich und rau, lässt mich erschaudern.

*Zitat aus „Daughters of Moonsight Avenue – Cassiopeia"*
*von Valérie D'Arcy (S. 213-214, Books on Demand, 2024)*

„Einfach so", hauche ich in ihre Richtung. Ihr Blick schnellt zu meinem, bewegen tut sich jedoch nichts. Ich sehe, wie ihre Augen sich langsam – Millimeter für Millimeter – nach unten bewegen. Nur ein Stück.

„Luna."

Und auf einmal ist es wieder wie damals. Wir schauen uns an. Niemand sagt etwas. Aber da ist diese Energie, diese Hitze, dieses Verlangen.

Und es brodelt in uns beiden.

„Julie."

Ich kann nicht wieder die sein, die sich traut – nicht, wenn das Endresultat wieder bedeutet, dass wir uns anschweigen, dass wir einander aus dem Weg gehen.

Bis nach dem Kuss war mir nicht bewusst gewesen, wie schnell und fest sich Julie in mein Inneres eingenistet hat. Aber seit sie mir zu jeder Tageszeit aus dem Weg zu gehen scheint, verzehrt mein Herz sich immer mehr nach ihr.

„Verdammt, Luna." Keine Millisekunde später liegen ihre Finger in meinen Haaren und ihre Lippen auf meinen.

Zu meiner Überraschung schleicht sich Karl aus meiner Jacke, was Julie als Einladung ansieht, sich auf meine Knie zu setzen und den Kuss zu verlängern.

Ich brauche das.

Vorsichtig wandern meine Hände über ihren Rücken – nur eine Verkrampfung oder ein unangenehmes Zucken, und ich würde aufhören. Hier und jetzt. Aber da ist nichts. Julie küsst mich weiter, als würde ihr Leben von diesem Kuss abhängen.

„Verdammt, Luna." Sie schaut mir in die Augen, ihre Hände flach an meinem Nacken. Ihre großen, haselnussbraunen Augen, die mir so tief in den Geist schauen.

„Du machst mich verrückt!" Es ist kein Vorwurf, keine Beleidigung. Es ist eher ein Versprechen.

Julies Züge verwandeln sich in ein Grinsen – ein tiefes, ehrliches. Dann küsst sie mich wieder. Diesmal nur für einige Millisekunden.

— 99 ———

*Zitat aus „Velvet – Zwischen Saiten und Gläsern" von Sophie May*
*(Kindle Direct Publishing, 2025)*

Seine Hände zogen mich näher zu ihm. Er lehnte sich gleichzeitig vor.

Und endlich berührte sein Mund den meinen, blendete alles andere aus.

Ich blinzelte ihn an, als er den Kuss viel zu schnell wieder löste und mich ansah, in meinem Blick nach etwas zu suchen schien.

Als er mich erneut küsste, fielen meine Augen zu und ich ließ mich in das intensive, glühende Gefühl fallen, das er in mir auslöste.

*Zitat aus "Fluchschamanen: Erwachen des Chaos" von Anna Kleve*
*(Kindle Direct Publishing, 2023)*

„Es geht das Gerücht in der Schule um, dass du auf mich stehst", sagt er.

Mein Herz setzt einen Moment aus. Ich verfluche Theresa innerlich. Sie ist die einzige, der ich das erzählt habe.

Tolle beste Freundin.

Scheiße.

Was mache ich jetzt?

Meine Kehle ist staubtrocken, ich bringe kein einziges Wort hervor.

„Ich …", setzt er an, doch redet nicht weiter. Ich wünsche mir nichts sehnlicher, als dass ein Blitz in mich einschlägt. Dass ein Erdbeben ein Loch in den Boden reißt und mich verschluckt. Dass ich einfach tot umfalle. Stehe da, wie versteinert und starre ihn an. Da kommt er die zwei Schritte, die uns voneinander trennen, auf mich zu und hebt seinen Blick. Schaut direkt mit seinen funkelnden, braunen Augen in meine. Dann fällt sein Blick auf meine Lippen und wieder zu meinen Augen. Ich halte die Luft an. Was passiert hier gerade?

Noch bevor ich irgendetwas sagen kann oder mir mein Körper wieder gehorchen will, überbrückt Paul die restlichen Zentimeter, die uns noch trennen, und drückt seine Lippen auf meine.

*Zitat aus „20 Schicksale – 1 Kuss" von Luzi Morgenstern*
*(Story One, 2024)*

Mikahs Hand hält kurz vor Alecs Wange inne. "Darf ich?" Alec nickt nur. Er weiß nicht, ob er es schafft, ohne Stottern 'ja' zu sagen. Trotzdem merkt er, wie ihm die Hitze in die Wangen steigt. Dann liegt endlich Mikahs kühle Hand auf seiner Wange. "Das Rot steht dir. Süß, irgendwie", flüstert Mikah lächelnd. Sein Blick schwankt zwischen Alecs Augen und Lippen, bevor er auf Letzteren bleibt. "Darf ich?", wiederholt er, ebenfalls flüsternd. "Ja", schafft Alec nun tatsächlich zu antworten, "bitte". Mikah verlagert sein Gewicht auf seine Zehenspitzen, überwindet so die letzten Centimeter, bis seine Lippen auf Alecs treffen. Mikahs Lippen sind weich, vorsichtig, fast fragend, doch als Alec leicht nachgibt und den Kuss erwidert, wird er sicherer. Eine Hand wandert an Alecs Nacken, seine Finger vergraben sich sanft in seinem Haar. Alec seufzt leise gegen Mikahs Lippen, als er seine Hände an dessen Taille legt. Auf einmal ist ihm alles egal, der Regen, der weiter in ihre Kleidung zieht, sogar der Nachbar, der sicher wieder nichts anderes zutun hat, als aus dem Fenster zu starren. Alles, was zählt, ist Mikah.

*Zitat aus „Sunflower Season" von Sam Elias*
*(bisher unveröffentlicht)*

In Ls Kopf kippte ein Schalter um. Sie schloss die Arme um Niobes Taille und drückte sie fest an sich. Ihre Augenlider fielen zu und dann küsste sie Niobe. Sie *küsste* Niobe. Mit allem, was dazugehörte. Hungrige Lippen, Zungen, die sich im Tanz der Leidenschaft aneinanderschmiegten, sanfte Elektroschocks, die durch jeden Winkel des Körpers sausten, Seelen, die ineinander schmolzen … Und Niobe, die den Kuss mit derselben Hingabe beantwortete. *Heilige Scheiße!*

L hörte sich selbst zufriedene Klänge von sich geben, die sich zwischen kurzen Atemzügen hinausschlichen, und Niobe quittierte sie mit einer ähnlichen Tonvielfalt. Sie schlang die Arme fester um Niobe, gab sich hin und vergaß die Geister dieser Welt.

*Zitat aus „Frozen Ghosted Dead“ von Sameena Jehanzeb*
*(S. 182, Nova MD, 2022)*

Und all die schlaflosen Nächte verpuffen. Die Gedanken, die Träume, die Wünsche, die Vergangenheit verändern zu können, denn ich habe die Worte gesagt, die ich damals immer sagen wollte. Und ihr Blick spricht tausend Sprachen. Ich nähere mich ihrem Gesicht, so nah, dass sie meinen Atem und ich ihren auf meinen Lippen spüren kann. Shirley streicht mit ihrem Zeigefinger durch mein Gesicht, berührt jeden Zentimeter, stoppt an meiner Unterlippe. Ein Blick von meinem Mund hinauf zu meinen Augen.

„Shirley", hauche ich.

Blickkontakt.

„Küss mich", flüstert sie.

Bebende Lippen, flatternde Herzen, verbundene Seelen. Federleicht berühren ihre Lippen meine. Ein warmer, leidenschaftlicher, begehrender Kuss. Ich schmecke die Süße ihrer Lippen, den Geschmack, nach dem ich all die Jahre gesucht habe, durstete. Küss mich mit allem, was du hast, was du zu geben hast, was du bist. Die Sonne, das Wasser und ihr Duft im Einklang, es ist das Paradies, wie ein Traum, aus dem ich nicht erwachen möchte.

*Zitat aus „Der Soundtrack von Ex-Herzen" von Talia May*
*(Kindle Direct Publishing, 2023)*

„Ich möchte deinem süßen reinen Herz nicht wehtun."

Endlich wagte ich, meine Augen wieder zu öffnen. „Dann schick mich jetzt nicht weg."

Unsere Blicke trafen sich. Aus dem tiefen Braun war finsterste Nacht geworden.

„Wie könnte ich das tun?"

Völlig hypnotisiert von dieser Schwärze zuckte ich leicht zusammen, als mir Tom seine Hände auf dem Rücken platzierte. „Keine Sorge", flüsterte er. „Ich werde ganz vorsichtig sein."

Sein Versprechen löste das Flattern von einem Dutzend Schmetterlingsflügel in meinem Bauch aus. Ich fühlte mich geerdet und sicher.

Tom neigte sich langsam vor und legte seinen Mund sanft auf den meinen. Dieses Mal jedoch viel weicher. Er begann einen zarten Kuss, bewegte seine Lippen ohne Druck, und mit schwirrendem Kopf stieg ich in die Bewegung ein. Tom machte es mir leicht, mich fallen zu lassen. Seine warmen Hände in meinem Rücken hielten mich. Er schmeckte nach süßen Erdbeeren. Ich wollte mehr davon.

Noch immer ein wenig scheu, öffnete ich meinen Mund einen Spalt weit und erschauderte, als meine stumme Einladung angenommen wurde. Flink drängte sich Toms köstliche Zunge in mich und ließ mich wohlig seufzen, begann ein zärtliches Spiel in meinem Mund.

*Zitat aus „The Story of Sun and Moon" von Irina Meerling*
*(Dead Soft Verlag, 2025)*

Da nimmt sie meine Hand, drückt sie sanft und nickt. „Na gut. Und was fühlst du?"

„Viel", höre ich mich aus einiger Entfernung sagen. Das war doch ich, oder? Mein Mund und meine Stimmbänder scheinen sich selbstständig gemacht zu haben.

Da lächelt Eva. „Viel was?"

Einige Sekunden vergehen. Oder sind es Minuten? Eva wartet, mustert mich still und neugierig.

„Viel für dich. Und Angst deswegen", stolpert es irgendwie aus mir heraus. Mein Gehirn ist noch immer ganz leer. Mein Herz dafür übervoll.

Evas Augen beginnen zu leuchten. Es muss Glück sein, was sie so zum Strahlen bringt und es lässt sie wunderschön aussehen. Langsam beugt sie sich vor zu mir, legt eine Hand in meinen Nacken, zieht mich vorsichtig näher heran und dann … berühren sich unsere Lippen. Erst zart und scheu, dann etwas fester. Kleine heiße Funken gleiten überall durch meinen Körper. Ich habe es nie gemocht, wenn in Liebesromanen und -filmen die Rede von Schmetterlingen im Bauch ist. Diese Metapher erschien mir stets unstimmig, überstrapaziert und total kitschig. Aber als ich nun Evas Zungenspitze spüre, die sich sanft ihren Weg zwischen meine Lippen bahnt, überfällt mich ein kompletter Schwarm von den bunten Viechern und lässt mich komplett abheben. Sie sind plötzlich überall, in meinem Körper und um mich herum. Ich werfe alle Ängste über Bord und lasse mich auf den unzähligen Flügeln davontragen, irgendwohin, wo es paradiesisch, ungewiss und frei ist.

*Zitat aus „BeGeistert von dir" von Sabine Brandl und Julia Dankers*
*(Muc Verlag, 2025)*

Im Wasser küssen wir uns endlich. Ich fühle mich immer noch sicher, auch dieser Teil des Sees ist sehr privat. Die nächsten Menschen sind in so weiter Entfernung, dass ich nicht erkennen könnte, wenn es sich um den aktuellen Bundeskanzler handelte. Aber an den denke ich in diesem besonderen Moment nun wirklich nicht.

Emilias weiche Lippen sind endlich wieder auf meinen, und ich fühle wieder dieses Glücksgefühl in mir aufsteigen, das ich überhaupt nicht kannte, bevor sie mir begegnete, bevor sie mich küsste. Das meine Welt so fürchterlich aus den Angeln hob, dass ich Pizza und Wasser über sie und den Tisch verteilte.

— 99 —

*Zitat aus „Eine Boss Bitch zum Verlieben" von Sandra Andrés*
*(S. 148, Kindle Direct Publishing, 2023)*

Gerade als ich ihn fragen wollte, ob alles in Ordnung sei, packte er mich am Nacken. Ehe ich mich versah, lagen seine weichen Lippen auf meinen und mein Kopf verschwand zwischen seinen großen Händen. Geschockt riss ich meine Augen weit auf. Als er seine Lippen behutsam bewegte, schaltete sich mein Verstand aus und ich entspannte mich unter seiner Berührung. Glücklich schloss ich meine Augen und erwiderte den Kuss, nach dem ich mich so lange gesehnt hatte. Mein Herzschlag nahm an Fahrt auf. Dass wir uns noch in der Halle befanden, vergaß ich völlig und es interessierte mich auch nicht. Mit der Spitze seine Zunge strich er über meine Unterlippe. Zögerlich öffnete ich meinen Mund einen Spaltbreit. Zärtlich führte er seine Zunge in meine Mundhöhle ein. Mir wurde unerträglich heiß, ein angenehmes Gefühl durchzog meinen Magen. Sanft stupste er mit der Spitze seiner Zunge gegen meine. Die Berührung entfachte ein Feuer in mir. Ein kleiner Zungenkampf um die Dominanz entstand, welchen ich augenblicklich verlor. Ich gab mich Jayson hin, während sein Griff um meinen Nacken sich verstärkte und seine andere Hand sich in meinen Haaren vergrub. Unsere Zungen rieben sich aneinander, er saugte sich fest und mir entwich ein leises Stöhnen. Ich spürte, wie er in den Kuss hineingrinste. Der Sauerstoff ging uns aus. Schwer atmend lösten wir uns voneinander. Schwer atmend starrten wir uns an und Jayson streichelte meine Wange, während ich erstaunt mit den Fingern meine Lippen ertastete. Er hatte mich geküsst.

*Zitat aus „Brown Eyed" von Crimson K.*
*(Tredition, 2023)*

Also erlaube ich mir, die Nacht auszukosten, mich fallen zu lassen ins Hier und Jetzt. In die Musik. In den Tanz. Ins Wir. Sie macht es mir leicht, ihr in die Augen zu schauen. Bis sie mir dafür zu nahe kommt. Süß und herb und zahnarztfrisch vermischen sich. Ich überrasche mich selbst damit, dass ich es zulasse: dass sich unsere Lippen, unsere Zungen begegnen.

*„Begegnung" von Nora L. Großmann*
*(bisher unveröffentlicht)*

Erst küsst mich Bjarne, sein babyweiches Gesicht an meinem und er schmeckt nach Zigaretten und Pfeffi. So abgestanden und frisch zugleich. Ambivalent - ein Wort, das ich damals noch nicht kenne, aber das ich lebe. Seine Schmetterlingsküsse sind wie die Ahnung einer Berührung, wie der Augenblick zwischen Nacht und Morgengrauen in der blauen Stunde. Morpheus, komm mich holen, denke ich. In dein Bett aus Elfenbein. Schlafen oder Sterben, es ist mir einerlei. Ich bin glücklich in dem Moment, aber auch zutiefst traurig, weil ich mir der Vergänglichkeit des Augenblicks schmerzlich bewusst bin.

Vergangen ist der Augenblick tatsächlich schnell, als ich mich auf die andere Seite beuge und Lena meinen Kopf in den Schoß lege. Ich seh' noch heute ihren Erdbeermund, der mich von oben anlächelt, ehe sie mir einen Kuss aufdrückt. Ihre Finger hinterlassen Spuren aus Gänsehaut auf meinem Arm. Mit ihr zu zweit werde ich heute Nacht die Sterne anschauen und zum Geschmack von Vanille-Lipgloss wird sich ihr süßer Bonbonsaft mischen, wenn wir zum Höhepunkt das Universum hinter uns lassen.

*Zitat aus „Wir sind jung" von Jassi Etter*
*(online veröffentlicht)*

Wir schauen schweigend nach draußen. Ich ahne, dass Joschi nicht bloß auf den Schnee schaut, sondern insgeheim auf Nette und Rocks wartet, die auf irgendeiner Mission waren.

Prompt tauchen die beiden in der Ferne auf – zu Fuß, wahrscheinlich kommen sie von der Straßenbahnhaltestelle an der Hauptstraße. Sie lachen und schlenkern ihre Arme, und unter einer der Straßenlaternen vor unserem Haus hält Rocks Nette zurück. Sie bleiben für einen Moment stehen und reden leise, bevor sie Arm in Arm zu tanzen beginnen. Es ist ein magischer Anblick; die beiden jungen Frauen, der Schnee, die Nacht, eine zauberhafte Musik, die keiner hören kann.

Ich wende mich um und will etwas zu Joschi sagen, aber er ist verschwunden. Ist wahrscheinlich schon aufgesprungen und zur Tür gerannt, als die beiden am Ende der Straße aufgetaucht sind. Er muss sie wirklich vermisst haben. Sie haben eine tolle Freundschaft.

Nette und Rocks beenden ihren Tanz und selbst von hier oben kann ich das pure Glück und die Lebensfreude auf ihren Gesichtern erkennen, in ihren glänzenden Augen und auf ihren geröteten Wangen.

Dann winken sie jemandem; ich nehme an, es ist Joschi, der an der Haustür steht. Sie winken ihn … zu sich. Tatsächlich erscheint er in meinem Blickfeld, etwas zögerlicher, in Hausschuhen und einem hastig übergeworfenen Mantel.

Sie stehen beinahe regungslos zusammen und mir wird klar, dass sie sich leise unterhalten, auch, wenn ich hier hinter meinem Fenster kein Wort hören kann.

Und dann, dann küssen sie sich. Alle drei nacheinander.

Als sie kurz darauf nach drinnen kommen, schneebedeckt und übermäßig grinsend, tue ich so, als hätte ich nichts gesehen.

Es wird noch bis Weihnachten desselben Jahres dauern, bis sie ihre Poly-Beziehung vor dem Rest von uns öffentlich machen. Das Trio, das erst seit dieser einen Nacht im Schneegestöber wirklich ein Trio ist.

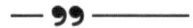

*Zitat aus „Wenn wir Helden wären" von Janina Nilges*
*(bisher unveröffentlicht)*

Die Wärme breitet sich in meinem Körper aus und ich beuge mich wieder näher zu ihm. Mit den Fingern streife ich über seine Wangen, spüre die kratzigen Stoppel unter meiner Haut und mein Herz rast. Bin ich gerade wirklich im Begriff, diesen wundervollen Mann zu küssen?

Er kommt mir entgegen und seine Lippen legen sich auf meine. Etwas ungeschickt prallen sie aufeinander und ich spüre seine Zähne durch die Lippen hindurch. Schon nach wenigen Augenblicken werden wir beide jedoch mutiger und aus einem kurzen ersten Kuss wird bald ein zweiter und dritter. Wir gewöhnen uns an den Druck des anderen und ich lecke ihm leicht über die Lippen. Seine Lippen verziehen sich zu einem Lächeln und ein leichtes Keuchen entweicht ihm.

Mein Herz rast in meiner Brust und das Blut rauscht mir in den Ohren. Ich schicke meine Hände auf Wanderschaft, streiche von seiner Wange über seinen Hals nach hinten in seine dichten Haare und vergrabe die Finger dort. Auch seine Hände wandern über meinen Körper, erst zögernd, als ich mich ihm aber nur weiter entgegendränge, immer mutiger. Vorsichtig tastet er sich unter mein Shirt. Ich ziehe den Bauch ein, als ich seine Finger auf meiner Haut spüre, und er hält inne.

„Zu viel?", haucht er gegen meine Lippen. Ich schließe die Augen, spüre in mich hinein, aber da ist nur diese angenehm elektrisierte Erwartungshaltung, also schüttle ich den Kopf.

„Nein, nur kitzelig."

„Schön zu wissen."

— 99 —

*Zitat aus „Zusammen Fliegen" von Luca Hazel*
*(Kindle Direct Publishing, 2025)*

Wenn mich die Melancholie einholt
du mit deinen Fingern leise Muster
in meine Haut brennst, dann will ich
dass alles immer so bleibt, dass ich
die Zeit einfrieren kann und wir nie
Angst haben müssen, dass andere uns
hassen, weil wir uns küssen und dass
es Menschen gibt, die nicht verstehen
es nicht verstehen wollen, dass wir
uns nicht ausgesucht haben, wie wir
lieben und ganz ehrlich, wenn ich
wählen könnte, würde ich trotzdem
dich wählen. Weil Herzen schlagen
nun mal autonom.

*„Autonome Herzen" von Jassi Etter*
*(bisher unveröffentlicht)*

Freitags ist im Dorfkino immer Doppelkinonacht. Wie jede Woche kaufe ich eine Limo mit großer Tüte Popcorn bei Anton, betrete dann den kleinen, leeren Vorführungssaal und setze mich auf meinen Lieblingsplatz. Als die Beleuchtung erlischt, lässt sich eine weitere Person am anderen Ende meiner Reihe nieder. Es ist Anton! Wir folgen dem Geschehen auf der Leinwand, lachen an denselben Stellen. Mein Blick wandert immer wieder zu ihm.

Beim Abspann des ersten Films steht Anton auf und geht nach draußen. Ich nutze die Pause und gehe auf's Klo. Als ich wieder auf meinem Platz sitze, der Film startet, betritt auch er erneut den Saal. Kommt auf mich zu und deutet auf den Platz neben mir. „Hey Flo, darf ich?"

Ich starre ihn an, bis ich endlich Worte finde. „Äh... ja... klar!"

Für einen Augenblick sehen wir uns lächelnd an, dann sitzen wir nebeneinander und schauen zur Leinwand. Doch der Film rauscht nur durch mich durch, meine Konzentration ist dahin. Als der Song „True Love" einsetzt, treffen sich unsere Blicke in der Dunkelheit. In mir kribbelt es. Langsam bewegen wir uns aufeinander zu. Kurz bevor unsere Nasenspitzen sich berühren, schließe ich die Augen. Spüre seinen Atem auf meiner Wange und überwinde die letzten Zentimeter. Meine Lippen berühren sanft die seinen. Als ich mich von ihm löse, hauche ich nur ein „Wow".

„Ja... wow." Nach einem Moment des Schweigens fragt er leise „Wollen wir das wiederholen?"

Nickend stürze ich mich wieder auf seine Lippen. Diese Doppelkinonacht war ihren Preis mehr als wert.

*Zitat aus „Projekt Kleinstadtgeflüster" von Rea Sander*
*(bisher unveröffentlicht)*

Ich musste halb aufs Bett klettern, um ihm den Whisky abzunehmen. Und als ich das endlich erfolgreich getan hatte und mich wieder entfernen wollte, hielt er mich plötzlich mit erstaunlicher Kraft an meinem Arm fest. Meine Überraschung schien ihn zu amüsieren, denn er grinste mich verschmitzt an. Dann fasste er mich mit einer Hand an meinem Hemdskragen und zog mich ungestüm zu einem Kuss an seine Lippen. Ich konnte kaum fassen, wie mir geschah, da war es auch schon vorbei. Er sah mir noch kurz in die Augen, murmelte ein „Danke" und sank dann erschöpft in die Kissen. Mein Herz klopfte mir bis zum Hals.

*Zitat aus „Eilean Mòr – Whisky, Träume und ein Rabe"*
*von Kristina Maria Dahl & Stefanie Biermann*
*(Veröffentlichung im Herbst 2025)*

Behutsam, fast zärtlich, was ich einem Typen seiner Größe nicht zugetraut hätte, strich er mir die Haare aus der Stirn und versah die Wunde mit einem Pflaster. Dabei kam er mir näher als nötig und blieb dort auch nach erledigter Versorgung. Seine Fingerspitzen glitten meine Schläfe hinab, meine Wange entlang, wobei er mit unglaublich dunklen Augen in meine blickte. Alles, zu dem ich in diesem Moment fähig war, war zu starren und trocken zu schlucken. Krampfhaft versuchte ich mich nicht zu regen, um ihn nicht zu vertreiben, obwohl der Puls in meinen Ohren dröhnte, als hätte ich einen Marathon hinter mir.

Gefühlte Stunden, auch wenn es nur Sekunden sein konnten, starrte er mich an, verharrte in einer festgefrorenen Position, was mich beinahe kirre machte. Doch dann senkte er seine vollen Lippen auf meine, strich mit der gepiercten Zunge an meinem Mund entlang, forderte Einlass, den ich zu gerne gewährte. Eine seiner Hände ließ er meinen Oberschenkel hochwandern, die andere hatte er in meinen Nacken geschoben, um mich festzuhalten, um mich noch näher an seinen fast nackten Körper zu ziehen.

Bei mir riss ein Faden, befreite mich aus meiner Schockstarre und ich küsste ihn zurück. Ich küsste ihn, wie ich noch nie jemanden geküsst hatte. Meine Lippen drängten sich gegen seine, meine Zunge leckte, saugte an seiner. Er schmeckte unglaublich, sein Mund warm und feucht.

Gott, ich war bretthart. Ich könnte allein bei der Vorstellung, diesen stets schief grinsenden Mund um mein Glied zu spüren, jeden Moment kommen.

„Dragon Rider Weekend" von Martina Riemer
(derzeit *unveröffentlicht*)

Zwischen den Füßen der schreienden Gäste hüpften leuchtende Frösche umher, die bei jedem Sprung glitzerten wie eine Discokugel. Innerhalb von dreißig Sekunden waren Theo und ich die einzigen Menschen im Raum. Der Frosch-Regen hörte auf.

Ich lachte erneut. „Was für ein verrückter Abend! Vor ein paar Minuten wollte ich einen Jungen küssen, aber stattdessen habe ich seine Party boykottiert.“

Theo drückte sanft meine Hand. „Falls du noch jemandem zum Küssen suchst, stünde ich zur Verfügung.“

Ich starrte ihn unsicher an. Wollte er mich bloß aufmuntern? Oder wollte er tatsächlich, dass ich …?

„Übrigens hatte Max unrecht“, fügte Theo hinzu. „Du siehst sehr süß aus in diesem Kostüm.“

Ich zog ihn an mich. Er roch nach Blumen und Zimt und irgendwie auch nach Frosch, aber vermutlich bildete ich mir das ein. Immerhin hüpften hier gerade unzählige Amphibien herum.

„Theodoros Konstantinos Adelphos Haralampos“, flüsterte ich. „Du hast meinen Abend gerettet.“

Er lachte leise. Seine Finger strichen über meinen Nacken, hinterließen dort eine Gänsehaut. „Du hast ihn dir selbst gerettet. Aber es freut mich, dass es dir wieder gut geht.“

„Es ging mir nie besser“, hauchte ich, vergrub meine Hände in Theos Haaren und legte meine Lippen sanft auf seine. Meine Brust füllte sich mit Wärme, meine Haut kribbelte und in meinem Bauch explodierte ein Feuerwerk aus bunten Knallfröschen.

Ich küsste gerade zum ersten Mal einen Jungen. Und es gefiel mir. Es gefiel mir so, so gut.

*Zitat aus „Drei Wünsche für Melvin“ von Katharina Licht*
*(Wreaders Verlag, 2025)*

Offensichtlich haben wir genug gestarrt, denn plötzlich zieht Diego mich wieder an sich, schlingt seine Arme um meinen Oberkörper und legt seine Lippen auf meine. Im Vergleich zu diesem war der vorige Kuss ein Paradebeispiel für Zurückhaltung. Meine Lippen öffnen sich auf das Anklopfen von Diegos Zunge hin. Alles schmeckt nach neuen Erfahrungen, sich verlieren, Vertrauen gewinnen und einem Hauch von Zukunft. Und das erste Mal in meinem Leben schmeckt es nach Liebe. Die Erkenntnis trifft mich wie ein Vorschlaghammer. Meine Hände umfassen Diegos Gesicht. Hüllen es ein. Atmen ist nebensächlich geworden. Ein Schluchzen möchte sich einen Weg nach draußen bahnen. Ich lasse es nicht. Meine Emotionen sind zu viel und gleichzeitig genau richtig. Ich muss sie loswerden. Mein Herz schlägt Saltos. Die Nervosität von vorhin war ein Anfänger, während diese nun in der Profiliga spielt. Doch mein Mut ist ebenfalls aufgestiegen.

*Zitat aus „Projekt Kaktusstachel" von Anni D. Newman*
*(bisher unveröffentlicht)*

Ich will diesen Kuss. Ich brauche diesen Kuss. Von der ersten Sekunde an, als ich sie sah. Doch es darf nicht sein, es ist verboten. Ihr Atem streift mich, sie seufzt im Schlaf und ich möchte jeden dieser Seufzer von ihren Lippen trinken. Doch es ist verboten. Ein erneuter Seufzer. Fuck! Das Schicksal hasst mich. Warum zur Hölle stellt es mich so sehr auf die Probe? Warum? Alles in mir verzehrt sich nach ihr. Es ist keine Frage mehr des Wollens, es fühlt sich an, als würde ich verdursten und ihre Lippen sind das rettende Glas Wasser nach Tagen des Leidens. Ein einziger Blick, in diese mahagonifarbenen Augen, und es war um mich geschehen. Damals noch online, ein stilles Schwärmen, das sie niemals hören sollte. Doch dann führte uns das Schicksal zusammen an diesen Punkt, zusammen in dieses Bett. Ich werde innerlich zerrissen. Die Moral, das Rechtschaffene. Das Verlangen, die Sehnsucht. Sie bekriegen sich. Sie ist Single. Ich bin es nicht. Eine Träne löst sich aus meinem Augenwinkel und läuft mir die Wange hinunter. Ich halte es nicht mehr aus. Eine Lösung gibt es nicht. Kann keinem gerecht werden. Sie schlägt ihre Augen auf, nimmt mich gefangen. Zeichnet mit ihren wunderschönen Lippen ein Lächeln. „Guten Morgen, Anna", flüstert sie leise, bevor Sorge ihr Gesicht verzieht. Sanft legt sie ihre warme Hand an meine Wange und wischt zärtlich die Träne mit ihrem Daumen ab. Der Kampf in mir gleicht einem Krieg der Herzen. Ich brauche diesen Kuss.

*„Der verbotene Kuss" von Nora Brüning*
*(bisher unveröffentlicht)*

„Du schon wieder?" Mit der Linken schüttelt er sich Rosenkohlblätter aus dem Haar. Dann klettert er aus dem Container heraus und springt mir direkt vor die Füße. Er ist es. Er ist es wirklich. Aus unmittelbarer Nähe ist er noch attraktiver, als ich mir je zu träumen erhofft habe. Der Superheld, der meiner eigenen Fantasie entspringt. Der Hauptcharakter einer Romanze, die meiner eigenen Feder entstammt.

Mit verschränkten Armen beobachtet er, wie ich die umherliegenden Äpfel, Bananen und einen zerbrochenen Blumenkohl einsammle. Dinge, die er außerhalb des Containers gesichert hat, um ein Zeichen gegen unnötige Lebensmittelverschwendung zu setzen.

Als ich sie ihm reiche, verharrt er in seiner Position. „Was willst du von mir, Dude?"

„Ich will…"

„Willst du das?" Symbolisch kreuzt er seine Handgelenke und ballt sie zu Fäusten. „Wenn nicht, sollten wir uns jetzt schnellstens verpissen."

Schlagartig schießt mein Puls in die Höhe. „Nein, Mann… ich will doch nur…" Ich schlucke, während er sich nach allen Richtungen umschaut und dann zügig beginnt, mir seine Ausbeute aus den Händen zu pflücken. „…dich!"

Abrupt stoppt er inmitten seiner Bewegung und starrt mich an. Eine gefühlte Ewigkeit stehen wir uns wortlos gegenüber. Er mit halbem Blumenkohl, ich mit einem Berg Obst. Dann drückt er mir hastig sein Gemüse wieder in die Hände, umfasst mein Gesicht und presst seine Lippen auf meine.

Warme Schauer durchlaufen mich. Paralysieren mich fast. Wie angewurzelt steh ich da. Sprachlos und vollkommen irritiert hinter ihm her starrend, der längst schon wieder in die Dunkelheit verschwunden ist.

*„Containing Love" von Junis Pearls*
*(bisher unveröffentlicht)*

Nichts hätte den Moment perfekter machen können, als das hier mit ihm zu teilen. Er schmeckt nach Bier, das ist das erste, was ich denke, als unsere Lippen sich berühren. Dann lächelt er in den Kuss hinein und mein Körper bekommt es hin, aus meinen Adrenalinreserven, die längst aufgebraucht sein müssten, nochmal einen Schub nachzuliefern. Auch meine Lippen verziehen sich unwillkürlich, meine Stirn drückt noch näher an ihn, und mit abrupter Plötzlichkeit setzt mein Verstand wieder ein.

Es können nur Sekunden vergangen sein, seit ich auf dem Feld losgelaufen bin, seit ich Verstand und Vernunft und alles bessere Wissen in den Wind geworfen habe. Doch seitdem hat sich die Welt auf den Kopf gestellt.

*Bist du bescheuert?!*, brüllt die Stimme in meinem Kopf, die sonst immer alles zensiert. Die mein Handeln lenkt und die fast wie eine zweite Natur geworden ist. Doch ich kann das Lächeln nicht abstellen.

Ich weiß, die neue Realität, die ich hier eben geschaffen habe, wird mich erschlagen; bald, sehr bald. Wird mir ein Ende setzen.

Noch allerdings, noch ist es nicht soweit, und ich fühle mich frei wie vielleicht noch nie. Als würde ich jeden Moment losschweben.

"Du bist es wert", sage ich an seinen Lippen und es macht gar nichts, dass er das bei diesem Lärm nicht hören kann. Ich musste es nur loswerden.

*Zitat aus „Der Rest bleibt still" von Leona Bolt*
*(Kindle Direct Publishing, 2023)*

Geschafft. Erschöpft lasse ich mich auf den einzigen noch freien Stuhl fallen und zieh meine Lektüre aus meinem Rucksack. Das Wartezimmer platzt fast aus allen Nähten. Ein intelligenter Mensch reißt mich aus meinem Skript, – er öffnet das Fenster. Kurz treffen sich unsere Blicke, er lächelt. Dezent schiele ich über den Rand meiner Blätter. Seine Haare kitzeln ihn an der Nasenspitze, während er auf seinem Smartphone scrollt. Menschen kommen und gehen. Ab und an wirft er einen Blick auf die Wanduhr und seufzt. In meinen Gedanken schaut er nicht die Uhr hinter mir an, sondern mich. Sitzen wir in einem Café und unterhalten uns. Tanzen eng umschlungen. Küssen uns im Farbenwirbel bunter Lichter. Seine Haare kitzeln meine Nase, unsere Nasen. Sein Blick…

„Frau Behrens, bitte." Mit einer einladenden Geste fordert mich die Sprechstundenhilfe auf, ihr zu folgen. Aus den Augenwinkeln kann ich sehen, wie einige die Köpfe zu mir drehen; kann ihre Blicke auf mir haften spüren, als ich den Raum verlasse. Jemand tuschelt.

Keine halbe Stunde später biege ich beim Bäcker rein, einen Cappuccino habe ich mir jetzt echt verdient. Die Klinke noch in der Hand, kollidiere ich fast mit einem anderen Kunden. Kollidiere ich fast mit ihm.

„Hallo", sagt er schmunzelnd. Ich beiße mir kurz auf die Lippe, streife mir meine langen Haare aus dem Gesicht. Dann besinne ich mich kurz auf alles, was mir meine Logopädin beigebracht hat und erwidere so feminin und charmant wie möglich seinen Gruß.

*„Endlich ich!" von Junis Pearls*
*(bisher unveröffentlicht)*

Das Frühstück ging zu Ende und im Anschluss half Sven seinen Eltern, ihre Taschen ins Auto zu bringen. Zu guter Letzt schmiss er seinen Rucksack auf die Rückbank. Als er sich umdrehte, er erschrak, denn Sami hatte sich unbemerkt hinter ihn gestellt – mit einem Gesicht wie sieben Tage Regenwetter. Svens Eingeweide zogen sich zusammen.

„Komm her", sagte er, und ohne zu zögern, sank Sami in seine Arme. „Ich werde dich vermissen. Lass von dir hören, und zwar täglich, okay?"

„Okay", hauchte Sami.

Sein Atem streifte Svens Haut, da Sami ihm inzwischen so nah war. Und als wenn das noch nicht genug wäre, um ihn aus der Fassung zu bringen, nahm Sami auf einmal Svens Kopf in beide Hände und küsste ihn federleicht auf den Mund. Seine Knie wurden weich. Doch bevor er überhaupt wusste, wie ihm geschah, hatte Sami sich von ihm gelöst, und war ohne ein weiteres Wort im Haus verschwunden. Vermutlich wollte er den Abschied nicht noch schwerer machen.

*Zitat aus „Sven und Sami: Liebe ist mehr" von Gianna Maas*
*(Kindle Direct Publishing, 2025)*

Ihre Finger streiften meine Wange. Hauchzart wie die Flügel eines Schmetterlings. Kaum mehr als die Erinnerung an eine Berührung – und doch reichte es, um meine Welt innehalten zu lassen. Mein Herz pochte in einem schnellen Stakkato gegen meine Rippen, schien sich dem Rhythmus ihrer Atemzüge anzupassen.

Dann fanden ihre Lippen meine. Sanft wie Morgentau auf blühenden Kirschblüten. Doch unter dieser Zärtlichkeit lauerte ein Feuer, eine aufwallende Glut, die mit jedem Kuss heller loderte. Ihre Hände vergruben sich in meinen vollen Locken, zogen mich näher, bis kein Raum mehr zwischen uns blieb. Nur Hitze und Sehnsucht.

Es war wie ein Tanz ohne Musik. Im Auge eines Sturms, der zwar an uns riss und uns dennoch Schutz bot. Als ihre Zunge über meine glitt, konnte ich ihre Gedanken schmecken. Jede Angst und jede Hoffnung. All die unausgesprochenen Zweifel, ob es richtig war, was wir taten. Bedenken, die ihr andere Personen eingepflanzt hatten. Menschen, die ihr hätten Unterstützung bieten müssen. Doch nicht immer war Familie der sichere Hafen, den wir uns mehr als alles andere wünschten.

Deshalb wollte ich dieser Anker für sie sein. Der sie hielt, egal wie stark der Wind an uns zerrte.

Als wir uns trennten, keuchten wir beide schwer. Ihre Berührung brannte auf meinen Lippen. Und in ihren Augen sah ich mich selbst.

Ein Echo aus Liebe.

Frei.

Endlich frei.

*„Cherry Blossom" von Jennifer Kuro*
*(bisher unveröffentlicht)*

Warme, volle Lippen auf meinen lassen mich die Augen aufreißen. Lukas' große, starke, sensible Hand hält meinen Kopf, sein Daumen auf der Wange vor meinem Ohr, seine Fingerspitzen in meinen Haaren.

Ein Stöhnen entkommt mir und Lukas zieht mich etwas näher zu sich, bis meine Brust ihn berührt. „Santi", flüstert er.

Ich bin überrumpelt und doch angekommen. Nichts von dem, was hier passiert, hätte ich mir zugetraut. Doch jetzt ist es die natürlichste Sache der Welt.

Dennoch bin ich es, der sich löst. „Ich bin nicht, was du suchst", platzt es aus mir heraus. „Ich bin nur Pinos kleiner Bruder und bilde mir was drauf ein, weil du ein bisschen mit mir abgehangen bist. Dabei bin ich viel zu schmächtig und – Alles. Nichts. Je nachdem."

Lukas betrachtet mich mit einem Lächeln, das genauso voller Wärme ist wie das Strahlen in seinen Augen. „Bist du fertig?"

Ich presse die Lippen aufeinander und nicke.

Lukas lächelt immer noch. „Du bist nicht, was ich suche?"

„Du – also. Du magst – du liebst Sex. Brauchst ihn vermutlich. Und ich … nicht. Das kann nicht gut gehen."

„Gar keinen Sex?" Lukas sieht mich fragend an, kein Druck in seinem Blick. Nur Neugier. „Es wird ja gern auf rein-raus beschränkt, aber es gibt so viele Möglichkeiten. Handjobs. Blowjobs. Rimming. Was –" Er bricht ab. „Scheiße, sorry. Ich wollte fragen, ob du nichts davon magst, aber du musst das nicht beantworten. Wir müssen überhaupt nicht über Sex sprechen. Mir reicht es, wenn ich dich nochmal küssen darf."

*Zitat aus „Ballkünstler" von Leona Bolt*
*(Kindle Direct Publishing, 2024)*

Glut.
Tief verankert.
Atem vermischt sich.
Ein flüchtiges Beben.
Feuer.
Es lodert.
Wild und ungezähmt.
Tanzt auf seiner Haut.
Lippen auf Lippen.
Fest.
Fordernd.
Verzweifelt.
Hände graben sich in Stoff.
Krallen sich in Haut.
Suchen Halt im Strudel aus Verlangen.
Raue Stoppeln.
Kratzen an seinen Wangen.
Prickelnde Versprechen.
Echt und ungeschliffen.
Ein leiser Laut.
Halb Seufzen. Halb Gebet.
Dann wieder ein Kuss.
Tiefer diesmal.
Hingabe.
Denn er ist die Antwort auf all seine ungestellten Fragen.

*„Ember" von Jennifer Kuro*
*(bisher unveröffentlicht)*

Ein Schloss von Dornenhecken umgeben, im höchsten Turm ein Prinz im friedlichen Schlummer.

„Bald bin ich bei dir, mein Herz", vernimmt er eine raue Stimme in seinen Träumen, die seine Sehnsucht weckt.

Erst seit kurzem begleitet sie ihn in der Dunkelheit, schürt die Hoffnung, dass sie ihn von seinem Fluch erlöst.

Wie eine Vision ist er mir im Schlaf erschienen und ich wusste sofort, wir sind füreinander bestimmt.

Also durchdringe ich die Rosenbüsche, trotze den Dornen und erkämpfe mir den Weg zu seinem Herzen.

Endlich berührt mein Mund seine weichen Lippen.

Sanft erwidert er den Kuss und besiegelt unser Schicksal.

*„Der Dornenprinz" von Nike Gigandet*
*(bisher unveröffentlicht)*

Die Zeit steht still, als wir uns tief in die Augen sehen und ich seufze leise auf, während er seinen Zeigefinger zärtlich auf meine Lippen legt.

Es dauert nur einen Bruchteil einer Sekunde, als mir eine wohlige Wärme entgegenkommt, und seine verdammt weichen Lippen vorsichtig die meinen antippen.

Ich lasse es zu, und beginne mich ihm zu öffnen. Kirian beginnt seinen Mund fester auf meinen zu pressen und ich spüre, wie seine warme Zungenspitze meine Lippen berührt.

„Na endlich", gebe ich keuchend von mir. Er stöhnt leise auf und als sich schließlich unsere Zungen berühren – und ich weiß, dass er auf mein Zungenpiercing steht – jagt mir dies ein Schauer des Verlangens durch den Körper.

Es fühlt sich fantastisch an, ihm endlich so nahe zu sein, meine Gefühle einzugestehen und sein Verlangen mir gegenüber zu hören.

Er will mich und ich ihn.

„Das hätten wir schon viel früher haben können", gibt er leise von sich und beginnt kleine vorsichtige Küsse auf meinem Schlüsselbein zu hinterlassen. Dabei stöhnt er wieder und das ist das schönste Geräusch, das ich jemals von ihm gehört habe.

— 99 —

*Zitat aus „More than I expected" von Livia Veros*
*(S. 312, Books on Demand, 2025)*

Ich wollte nie, dass er geht, und doch war es vielleicht das Beste.

Vergessen wollte ich ihn, gelungen ist es mir nie.

Jetzt, nach unserem überraschenden Aufeinandertreffen, lodert wieder ein Funke Hoffnung in mir.

Mal brennt er hell, entfacht durch Erinnerungen an unsere Liebe, dann erlischt er beinahe, wenn Schuld und Angst ihn wie kalte Asche zu ersticken drohen. Gefühlschaos rauscht durch meinen Körper, als seine Finger über meine Bartstoppeln streifen.

Kurz ringe ich mit mir, kann dem Drang, ihn zu mir zu ziehen, jedoch nicht länger widerstehen.

Unser Kuss ist sanft und bestimmt, enthält das Versprechen, uns nicht aufzugeben.

— ♥ — ♥ — ♥ — ♥ —

*„Wiedersehen" von Nike Gigandet*
*(bisher unveröffentlicht)*

Ich fühle meinen Herzschlag überall. Die Distanz zwischen uns schwindet. Seine Initiative. Glaube ich, hoffe ich, kann es nicht garantieren. Finger schieben sich über meinen Handrücken, umgreifen die meinen sanft. Im selben Moment treffen Lippen auf Lippen. Wachsames Blicken, ein fühlbares Zucken. Fluchtinstinkt. Doch im nächsten Sekundenbruchteil Verstärken statt Weichen, ein unbedingter Kuss, ein schnappender Atemzug, mehr Druck. Bis er sich löst, ein Stück zurückzieht, den Blick springend zwischen meinen Lippen und meinen Augen. Knisternde Spannung zwischen uns, fühlbare in ihm. Die Berührung an meiner Hand ist Halt suchend.

„Okay?", frage oder sage ich im Flüsterton. Tatsächlich ist es beides, nehme ich an. Halbbewusst drehe ich mich ihm zu. Es könnte ihn von mir treiben. Die Nähe aber bleibt. Der warme Atem, der über seine gelösten Lippen fließt, streift mein Gesicht und lässt ein mittelgroßes Nagetier in meinem Bauch Radschlag üben. Sekunden vergehen. Oder auch nicht. Es ist egal, es ist individuelle Zeit, unser ureigener Rhythmus. Markus nickt und was dann folgt, ist mehr Verschlingen als Antasten. Ist Befreiung und viel mehr. Sein Griff lockert sich und fliegt. Was zaghaft beginnt, vorsichtig zitternd, bedacht, ist im Nu entflammt, fast schon selbstbewusst und verflucht prickelnd. Hand am Bein, im Nacken, im Haar. Wir zerren aneinander und ‚Okay' wird zur mächtigsten Untertreibung.

*Zitat aus „Septembermomente" von Jutta Kröpfl*
*(Story One, 2025)*

Als er den Kuss des Grenzers erwiderte, war es, als stünde die Zeit still. Der Nebel in der Stillen Klamm schien sich zu verdichten, sie einzuhüllen ... einzuweben und in diesem Moment zu halten.

Da waren nur sie beide, ihre Lippen, die sich erst sanft, dann immer stürmischer begegneten. Seine Hände vergruben sich in Darians Haar, zogen ihn näher zu sich heran.

Sie hatten nur diese kurzen Momente. Gestohlene Augenblicke fernab der Pflicht, die sie zu erfüllen hatten.

Darian zu küssen war wie das Auftauchen aus den Schatten der Klamm, wie das Sonnenlicht, das die Haut liebkoste und die Seele umarmte. Darian zu küssen war Liebe. Und Vollkommensein. Darian zu küssen war pure Lust, die sich, gleich der süß-herben Nebelbeeren, auf seine Geschmacksknospen legte und ihn dazu brachte, noch tiefer in ihr Zusammensein eintauchen zu wollen.

Darian zu küssen war alles für ihn.

— 99 —

*Zitat aus „Ein flüchtiger Moment in Abra" von Caro Grimm*
*(bisher unveröffentlicht)*

Den Raum füllt eine steinerne Wanne, aus der ein blasser Schimmer dringt. Ein Kabelstrang ragt daraus hervor, dessen anderes Ende in einem blinkenden Kasten an der Wand verschwindet. [...] Kikis schlaffer Körper schwimmt in einer phosphoreszierenden Flüssigkeit, nur ihr Gesicht durchbricht die Oberfläche. Ihr Kleid umwabert sie wie Algen. Kabel ragen wie Schlangen aus ihrem Kopf.

„Kiki!" Rue greift in die Wanne und hebt den Oberkörper ihrer Freundin aus dem Wasser. Mit zitternden Fingern entfernt sie die Kabel, die nur durch ein Netz aus Riemen an Kikis Kopfhaut gehalten wurden.

Kiki blinzelt benommen und lehnt sich in Rues Umarmung. Sie wirkt ausgelaugt und droht jeden Moment in die Bewusstlosigkeit abzudriften.

„Keine Sorge, wir holen dich hier raus", sagt Rue und haucht ihr einen Kuss auf die Stirn.

*„Das Kraftwerk" von Nora L. Großmann*
*(bisher unveröffentlicht)*

„Ich bin sofort wieder da. Warte genau hier, okay?"

Wir sind gerade wieder aus dem Auto-Scooter heraus, als Levi mich stehen lässt und ich ihm einen Moment verwirrt hinterher sehe. Es ist allerdings ziemlich deutlich, dass er einen Stand mit Lebkuchenherzen ansteuert und ich bin gespannt, für welches er sich entscheidet. Als er mit dem Herz wieder auf mich zukommt, lässt er mich leider keinen Blick darauf erhaschen, sondern dreht es erst mit der Schrift nach vorne, als er es mir um den Hals hängt und aus dem Grinsen nicht mehr herauskommt.

„Das steht dir ganz ausgezeichnet", merkt er an und küsst mich auf die Wange, wobei er eher meinen Mundwinkel erwischt und ich mir sofort wünsche, es wäre ein wirklicher Kuss gewesen. Ich kann nicht anders, als ihn festzuhalten und ebenfalls zu küssen. Wirklich zu küssen. Meine Lippen schmiegen sich an seine und ich habe nicht zum ersten Mal das Gefühl, dass unsere Münder perfekt miteinander harmonieren.

Levi braucht einen kurzen Moment, bevor er den Kuss erwidert und versucht, mich noch enger an sich zu ziehen. Leider ist das beinahe nicht mehr möglich, weil unsere Körper sich längst genauso aneinander schmiegen, wie unsere Lippen es tun. Dass wir dabei von Menschen umzingelt sind, habe ich vollkommen ausgeblendet. Alles, was zählt, sind Levi und seine Lippen auf meinen. Sein Geschmack in meinem Mund und mein rasendes Herz.

*Zitat aus „Painful Sensations" von Kiera Sawyer*
*(Kindle Direct Publishing, 2024)*

Sie kam näher auf mich zu. In ihren Augen blitzte es auf. Mein Hals fühlte sich staubtrocken an. Nervosität machte sich in mir breit und ich leckte mir ein wenig über die Lippen. Asena hielt einen Moment inne, ehe sie einen großen Schritt auf mich zu machte, den Abstand zwischen uns überwand. Mit beiden Händen umfasste sie mein Gesicht und kam langsam näher. Zu langsam, für meinen Geschmack, aber ich konnte selbst nicht reagieren. In meinem Bauch kribbelte es und meine Beine zitterten. Sie seufzte leise. Ich hielt den Atem an, während mir unter ihrem Blick immer wärmer wurde. Es war beinahe nicht möglich, die Spannung aufzuhalten, die zwischen uns loderte. Ihr Duft, den ganzen Abend präsent, schien nun noch viel intensiver. Und endlich berührte ihr Mund meinen. Ein Kuss wie ein Streicheln. Ihre Lippen bebten. Eine Hand lag an meiner Hüfte. Ich konnte ein leichtes Zittern spüren, wie sie die rohe Kraft unter ihrer Haut zurückhielt. Die Macht eines Wolfes. Mich in den Kuss fallen lassend, hielt ich mich an ihrem Arm fest, fühlte den intensiven Kuss, die Wärme und das Kribbeln, welche sich unter ihrer Berührung in mir ausbreitete. Asena fing mich auf, hielt mich.

*Zitat aus „Wolfssprung" von Anna Kleve*
*(Kindle Direct Publishing, 2021)*

„Mali", hauchte ich, als seine Hand schließlich auf meiner Wange lag, der Daumen gefährlich nah an meiner Unterlippe. Wenn nicht bald etwas passierte, würde ich das nicht mehr lange aushalten.

„Eli", antwortete er, die Stimme weich wie die Nacht, die uns umfing. Sein Blick lag verträumt auf meinem Gesicht, auf meinen Augen, meinen Lippen. Dann lächelte er sanft.

„Darf ich dich küssen?"

Mir stockte der Atem, das Herz, alles. Ich hätte darauf vorbereitet sein sollen, stattdessen starrte ich ihn nur an. Amaliels Blick wurde unsicherer, er wollte sich von mir zurückziehen.

Ich umfasste seine Hand fester. „Ja", brachte ich heraus. „Ja, verdammt."

Einen Herzschlag noch schaute er mich prüfend an, als wartete er auf einen Rückzieher, dann lächelte er. Ich reckte mich ihm entgegen, als er sich zu mir herunterbeugte, bis sein Atem meine Lippen streifte.

Dann küsste er mich.

— 99 —

*Zitat aus „Wie zwei Geister im Universum" von Tess Rayleigh*
*(veröffentlicht auf Wattpad)*

Ich kniff mir in die Nasenwurzel, versuchte auszublenden, dass Ran nur wenige Schritte neben mir stand. Versuchte einen einzigen klaren Gedanken zu fassen, der über das neue Wissen hinausging.

Ran fühlte sich zu mir hingezogen.

Es machte keinen Unterschied. Oder besser: Es sollte keinen machen. Immerhin war Ran mein Berater und ich der König. Diese direkte Abhängigkeit konnte nicht gut enden.

Und doch …

Wie sollte ich weitermachen, mit dem Wissen, dass es Ran ebenso ging? Wie nicht in Phantasien verlieren, wie es wäre, die Finger in diesen weichen Haaren zu vergraben und …

„Ach, zum Henker mit der Vernunft!", entfuhr es mir und überwand die Distanz zwischen Ran und mir. Umfasste Rans Gesicht mit beiden Händen. Die Haut war warm, beinahe fiebrig unter meinen Fingern. Die Augen weiteten sich kaum merklich vor Überraschung und ganz kurz spürte ich etwas wie Triumph. Nichts brachte Ran aus dem Konzept. Nichts außer … das hier.

Aber Ran wich nicht zurück. Es war alle Bestätigung, die ich noch brauchte. Ich beugte mich vor und küsste Ran. Küsste diesen Mund, der so sparsam mit Worten war und noch zurückhaltender mit einem Lächeln. Himmel, wie lange hatte ich das schon tun wollen!

Achtlos ließ Ran das Papier aus der Hand fallen, schob sie stattdessen in meinen Nacken. Zog mich näher, erwiderte den Kuss mit einer Bestimmtheit, einer Gewissheit, die mich überwältigte. Als hätte es nie eine Frage gegeben. Oder als wäre das die Antwort. So wie Ran sie immer kannte, auf alle meine Fragen.

*Zitat von Anne Danck aus einem bisher unveröffentlichten Projekt (voraussichtliche Veröffentlichung 2025)*

Ich küsste Juli, unfähig auch nur eine Sekunde länger zu warten.

Meine Emotionen und Gedanken wirbelten durch meinen Kopf und alles, was ich wusste war, dass ich ihn nicht völlig falsch eingeschätzt hatte.

Sicher hatte mich sein Verhalten verletzt und doch verstand ich ihn, auch wenn es besonders schmerzte, dass er immer noch glaubte, ich hätte vor zehn Jahren nicht genauso empfunden wie er.

Offenbar war ich ein besserer Schauspieler, als ich geahnt hatte...

„Du bist ein Idiot", raunte ich atemlos, kaum dass ich unsere Lippen voneinander trennten.

Überrumpelt lachte er auf. „Na danke auch... schätze, das habe ich verdient."

„Ich fasse es nicht, dass du damals auch nur eine Sekunde gedacht hast ich würde dich nicht auch lieben", raunte ich und küsste ihn wieder.

Ich wollte am liebsten nie wieder damit aufhören und seine Lippen fühlten sich so gut an auf Meinen. Die Schauer, die allein durch unsere Küsse durch meinen Körper jagten, ließen mich mehr wollen.

— 99 ———

*Zitat aus „Weiße Tulpen" von Ally Lee*
*(bisher unveröffentlicht)*

„Für dich und deine Freunde, damit sie mich auch mögen."

„Oh, d-!" Ronjas Erwiderung wurde jäh dadurch unterbrochen, dass sich zwei warme Lippen sanft auf ihre drückten. Ganz scheu nur und mehr auf den Mundwinkel als auf die Lippen selbst. Vielleicht, weil die Unterlippe auf der rechten Seite ja verletzt war. Es tat jedenfalls nicht weh, im Gegenteil, durch ihren ganzen Körper schien ein glückliches Seufzen zu vibrieren, bei dem sich jede Faser ihres Seins entspannte. Ronja wagte nicht, zu atmen. Sie hatte Angst, den Moment, durch die kleinste Regung zu verscheuchen.

Ihr Herz schlug ihr bis zum Hals. Sanjas Kopf war so nah bei ihrem. Langsam löste Sanja den Kuss.

Sowie Ronja wieder zu atmen wagte, roch sie diese herrliche Mischung aus Seife und frischen Keksen, der Sanjas Haaren anhaftete. Ronja sah sie noch einmal lächelnd an. Sanjas Augen funkelten.

— 99 ———

*Zitat aus „Die Findelgardistin I" von Stef Helmel*
*(bisher unveröffentlicht)*

Nachdem die Tür sich wieder geschlossen hat, drückt Ilay Ataho einen schmatzenden Kuss auf die nackte Schulter. „Guck nicht so. Sie haben ja nichts gesehen."

Überdeutlich ist Ataho sich seiner Wärme, seines Geruchs bewusst. „Du bist unmöglich!" Stöhnend lässt er sich rücklings auf die Matratze fallen, legt den Unterarm quer über das Gesicht.

„Das magst du doch an mir", entgegnet Ilay. Grinsend schiebt er sich über Ataho, schmiegt seinen schlanken Körper an ihn.

Damit hat Ilay Recht. Leider. Ataho mag seine impulsive Art, dass er sein Herz auf der Zunge trägt und keine Scheu hat, seine Gefühle zu zeigen. Einerseits ist Ilay so stark, so unfassbar zäh. Andererseits so verletzlich und anschmiegsam. Wie eine Katze, ein kampferprobter Streuner, mit unendlich vielen Leben. Bei dem Gedanken zucken seine Mundwinkel. Genau der richtige Partner für einen Werwolf. Eine Welle von Zärtlichkeit breitet sich warm und kribbelig in Ataho aus. „Das. Und noch so viel mehr", wispert er in Ilyas Ohr, schlingt die Arme um ihn und zieht ihn enger an sich.

Genüsslich seufzt er auf, als ihre Lippen sich finden. Sanft und träge, ganz anders als die Küsse voller Verlangen, die sie vorhin geteilt haben. Ataho lässt sich Zeit, beißt sacht in Ilays Unterlippe, bevor er den Kuss wieder intensiviert. Die Welt bleibt stehen. Nichts ist mehr wichtig, nur Ilay in seinen Armen. Der Rhythmus seines schlagenden Herzens. Sein Atem, der sich mit dem von Ataho vermischt. Die weiche, warme Haut unter seinen Fingern und das Gefühl, bei ihm ein Zuhause gefunden zu haben.

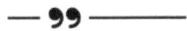

*Zitat aus dem „Vodoo" von Airee Jacour*
*(aus dem „Mortal Immortal Universe", bisher unveröffentlicht)*

„Sprich jetzt nicht von meinen Eltern, du Pfosten." Nathan machte den ersten Schritt. Natürlich. Abel hatte nur darauf gewartet: Nathans Lippen drückten sich auf seine und Abel verharrte einen Moment, bevor er ausbrach und Nathan endlich alles anvertraute, wie er es wirklich meinte. *Das sitzt in meiner Brust.* Er krallte sich Nathans Haare. *So bringst du mein Herz zum Schlagen.* Ihre Zähne krachten aneinander. *Schmeckst du, wie ich an dich denke?* Abels Zunge drang in seinen Mund. *Fühlst du die Hitze, die Sehnsucht, den verdammten Drang in mir, dich zu schnappen und mich irgendwo mit dir zu verstecken, wo uns niemand mehr findet?*

Abel vergrub auch seine zweite Hand in Nathans Haaren und zog ihn noch enger an sich. Ihr Kuss wurde wilder und drängender und so gierig, dass er Abels Brust auseinandersprengte. Er liebte es, wie Nathan ihn herausforderte und wieder Leben in sein Herz pustete, als müsste er ihn nur einmal von all der Asche befreien. Abel drängte seinen Mund gegen seinen, seine Zunge und leise Worte. Nathan keuchte und Abel entwich ein Stöhnen. Das Buch in Nathans Händen fiel zu Boden und Abels Herz setzte einen Schlag aus: Endlich ließ sich Nathan von seiner Welt verschlingen, die hauptsächlich aus Küssen und FSK-18-Regalen bestand.

*Zitat aus „Projekt Kissing Ink of Ivy" von Sara Fabian*
*(bisher unveröffentlicht)*

Ganz sacht lege ich meine Hände an Judiths Wangen, ziehe ihr Gesicht zu mir herab und küsse sie. Warm und weich legen sich ihre Lippen auf die meinen, zaghaft beinahe. Zur Eile fehlen uns Zeit und Mut. Letzterer weist mich schnell in die Schranken. Langsam lasse ich von ihr ab.

„Hör nicht auf", brummt Judith. „Das hier fühlt sich einfach zu gut an."

Zaghaft lasse ich meine Hände unter ihr Shirt wandern und streiche über ihren Rücken, eine fast unschuldige Geste eigentlich. Dennoch dringt leises Stöhnen aus Judiths Mund und vermischt sich mit meinem eigenen. Mein Atem geht zügiger, mein Herz rast. Es soll Leute geben, die mit Mittedreißig einen Herzinfarkt erleiden, einfach so, aus heiterem Himmel. Wenn es mir haargenau in diesem Augenblick passierte, würde ich mit einem gigantischen Lächeln ins Gesicht getackert sterben. Wenn wir verliebt sind, sind wir unantastbar, zumindest temporär. Am liebsten würde ich den Moment festhalten, ihn gefangen nehmen und zum Bleiben zwingen. Gefühle lassen sich nicht einkerkern, fällt mir zwei Sekunden später siedend heiß wieder ein. Sie wollen gehegt und gepflegt werden – und vor allem genossen. Schalt deinen Kopf aus, schelte ich mich tonlos und stürze mich tiefer in diesen einen Kuss, der die Welt zum Wanken bringt.

*Zitat aus „Va Bene – Liebeschaos in der Laube" von Julia Dankers*
*(Kindle Direct Publishing, 2024)*

Sanft nahm Sven seine Hand und küsste sie. Ein Schauder lief Kim über den Rücken, als Svens kalten Lippen seine Haut berührten. Seine dunklen Augen sahen zu ihm auf, als ob er auf eine Reaktion wartete, aber Kim sagte nichts. Sein Mund wanderte aufwärts, presste gegen seinen Unterarm, dann Schulter. Kims Herz schlug wild. Plötzlich waren sich ihre Gesichter ganz nahe.

„Darf ich?", fragte Sven.

Kim nickte. Langsam schloss sich die kleine Lücke. Ein Feuerwerk breitete sich in Kims Bauch aus, als sich ihre Lippen gegeneinander bewegten. Noch immer war die Kälte des Eiswürfels zu spüren.

*„Der Hundesitter" von Kira Komma*
*(bisher unveröffentlicht)*

Wie gütig, witzig, selbstlos und wunderschön sie war. Wo war sie ihr Leben lang gewesen? Bei dem letzten Gedanken stockte sie kurz und der Ton brach ab. Doch es zerstörte das Lied nicht. Mit einem Kloß im Hals wandte sich Atidamana zu Mirca um, nahm auch ihre andere Hand in ihre und war bereit, ihr ihre Erkenntnis zu gestehen. Doch ihre gute Elfe schaute nicht zu ihr. Offenstehender Mund und glänzende Augen, schaute sie an der Königin vorbei durch die Glastüren zum Balkon.

In dem Moment hörte sie es. Wie drippelnde, tippelnde Finger schlugen Regentropfen gegen die Glastüren und Fenster. Das Geräusch wurde lauter, als der Regen anschwoll, bis die Außenwelt in einem Regenwasserfall verschwamm und das Unwetter draußen toste.

„Es regnet", flüsterte Artemi. Die Dürre nahm ein Ende!

Mirca zog an Atidamanas Hände und die Königin wandte ihre Aufmerksamkeit der Elfe zu. „Du hast es regnen lassen. Sieht so aus, als hättest du eine gute-böse Fee nicht gebraucht."

Atidamana wiegte den Kopf und lächelte. „Vielleicht. Vielleicht nicht. Aber ich brauche und will dich." In dem Moment verlangte Artemi, hochgehoben zu werden. Sie folgte der Aufforderung und lenkte ein, als er einen Arm um sie und den anderen um Mirca schlang: „Wir brauchen und wollen dich."

Nach diesen Worten umarmten Mirca und Atidamana sich und küssten einander. Artemi vergrub seinen Kopf an ihrer Schulter. Er flüsterte: „Aah, Münder." Mirca und Atidamana lachten beide und gaben dann ihm jeweils einen Schmatzer auf die Wange.

*„Charmante Einsamkeit" von J. M. Maron*
*(bisher unveröffentlicht)*

Minuten vergingen, in denen nichts geschah. Erst dann bewegte sich wieder etwas. Es war Greg, der sich auf die Seite, mit dem Gesicht in Rubens Richtung legte. Er war ihm, trotz der Größe des Bettes, so nahe, dass er seinen Atem auf der Schulter spüren konnte. Rubens Herz schlug schneller, sein eigener Atem beschleunigte sich. Er begann zu zittern. Die Aufregung, die sich in ihm breitmachte, konnte er nicht verhindern. Warum musste er darum bitten, bei ihm bleiben zu dürfen? Warum hatte er nicht einfach den Butler um einen Schlafplatz im Gästezimmer bitten können? Heiße Schauer liefen ihm über die Haut. Oh, Gott, dachte er. Lass mich keine Erektion bekommen!

„Alles in Ordnung?", kam es leise von der Seite.

Ruben nickte. Dann fiel ihm ein, dass Greg das nicht gut sehen konnte und sagte: „Ja, alles bestens."

Greg rückte näher, zog die Decke ein Stück höher. Ruben dachte, er müsste sterben. Entweder das oder er würde vor Scham im Boden versinken, denn er bemerkte, wie sein Glied sich zu regen begann. Er sah Greg an. Sah, dass dieser ihn ebenfalls ansah. Dann geschah das, was Ruben sich so sehr erhofft hatte. Eine Hand legte sich an seine Wange und weiche Lippen legten sich auf die seinen. Ruben schloss die Augen und genoss. Der Kuss war sanft, nichts weiter, als eine seichte Berührung und mindestens so schnell vorbei, wie er begonnen hatte. Ruben spürte ihm nach. Zitternd, erschauernd.

*Zitat aus „Kaene Manor" von L. Hawke*
*(Bookrix, 2024)*

*Sparks Fly* von Taylor tröpfelt in mein Bewusstsein, im Takt des Songs treiben Sterne über den Nachthimmel, die sich als Silberfunken in Willows Augen spiegeln. „Wieso haben wir aufgehört zu tanzen? Weil du mir Danke sagen wolltest?"

„Nein … Ich …" Ihr Blick fällt auf meinen Mund, sie hält den Atem an. „Ich wollte den Moment nicht zerstören …"

Luft, die sie vorher ausgeatmet hat, dringt in meinen Mund und malt das Echo jedes Wortes auf meine Lippen. Aufwind für die Schmetterlinge in meiner Brust, der mich leichtsinnig macht … oder mutig. „Ich habe aufgehört zu tanzen, weil ich mir gewünscht habe, dass du mich küsst. Aber nur, wenn du dir sicher bist und es nicht bereuen wirst …"

Ich spüre das Zucken ihrer Mundwinkel. Meine haben keine Zeit, zu folgen, ihre Lippen berühren meine. Langsam, als wolle sie jede Bewegung auskosten. Zart wie Staub auf Schmetterlingsflügeln, die einen Sturm in meiner Brust entfachen.

Für einen Herzschlag erstarre ich … Ich habe noch nie jemanden geküsst … Was, wenn ich alles falsch mache? Andererseits hat Willow mir beim Tanzen den Takt vorgegeben, ihr Herzschlag ist mein Metronom, ihre Lippenbewegungen Schritte einer Choreografie, die wir gemeinsam lernen.

Federleicht bewege ich meine Lippen auf ihren, meine Finger gleiten in ihr Haar, und sie zieht mich an der Taille zu sich, unsere Körper schmiegen sich aneinander.

Ob *Sparks Fly* aus den AirPods oder meinem Herzen tönt, und ob die Funken in den Lyrics existieren oder unter meiner Haut explodieren, weiß ich nicht.

*Zitat aus „Change like Midnight Rain" von Lea Diamandis*
*(Dunkelstern Verlag, Veröffentlichung 2026)*

Während ich meine Hände zunächst nur über seine Hüften streichen lasse, beuge ich mich leicht vor und raune ihm zu: „Fast schon eine Schande, dass du die nicht ewig tragen wirst." Sein unsteter Blick lässt mich gefällig grinsen, ehe eine innere Stimme mich zur Zurückhaltung ermahnt. Abbas‹ Aussage eben war sicher kein Freifahrtschein, nun hemmungslos alles mit ihm anzustellen. Das würde mich zumindest sehr verwundern.

Langsam lasse ich meine Hände an seinem Oberkörper hochwandern. Dabei neige ich ihm meinen Kopf so weit entgegen, bis sich unsere Nasenspitzen fast berühren.

„Ich habe keine Ahnung, wie man das macht", murmelt er mir entgegen.

„Ist kein Hexenwerk. Das hier kennst du ja schon." Nach meinen einleitenden Worten umschließe ich seine Lippen mit meinen und verwickel ihn in einen sanften Kuss.

Er zögert kurz, lässt sich dann aber darauf ein. Mit neu geschöpftem Mut legt er seine Hände an meine Schultern und erwidert den Kuss.

Ich lasse meine Hände über seine Brust wandern, lasse mir Zeit dabei, fühle jede Erhebung seines Körpers nach. Unaufhaltsam setzt ein Blockbuster reifes Kopfkino ein, in dem er nichts mehr an hat und ich mich ohne Sorge um einen möglichen Rückzieher seinerseits über ihn hermache. Es fällt mir schwer, die Bilder vor meinem inneren Auge beiseitezuschieben und mich auf die Gegenwart zu konzentrieren. Neckisch tippe ich mit meiner Zungenspitze gegen seine Lippen, um meinem Gehirn eine andere Denkaufgabe zu geben.

*Zitat aus „Hold me, trust me, kiss me" von Lilac O'Neal*
*(Kindle Direct Publishing, Veröffentlichung: 23.08.2025)*

„Darf ich?", haucht er gegen meine Lippen.

Ich nicke lächelnd.

Vorsichtig überbrückt er die letzten Zentimeter, bis sich unsere Lippen berühren. Ich schließe die Augen und fange an, meine Lippen sanft gegen seine zu bewegen. Levians Lippen sind warm und weich, liebkosen meine geschickt. Ich schmecke den süßlichen Nachgeschmack der Brownies an seinen Lippen. Anfangs zögere ich noch, aber gebe mich mit der Zeit immer mehr dem Gefühl hin. Es ist, als ob die Welt um uns herum verblasst, nur wir beide sind noch da. Seine Hand gleitet in meinen Nacken und zieht mich näher zu sich. Ich spüre die Wärme seines Körpers gegen meinen. Wie seine Finger durch mein Haar gleiten und mir ein wohliger Schauer über den Rücken läuft. Meine Hände finden ihren Weg zu seinen Hüften und drücken ihn sanft gegen mich.

Erst aus akutem Luftmangel lassen wir schließlich voneinander ab. Während wir uns langsam lösen, bleibt seine Stirn an meiner ruhen, unsere Atemzüge vermischen sich. Ich öffne die Augen und sehe direkt in seine. Seine wunderschönen, blauen Augen. Ein Lächeln breitet sich auf seinem Gesicht aus. In diesem Moment gibt es keine Zweifel, keine Ängste, nur das Wissen, dass wir beide genau hier, genau jetzt, genau das Richtige tun.

*Zitat aus „Jenseits des Gesetzes" von Sara Alcea*
*(Kindle Direct Publishing, 2024)*

Die Stille zwischen ihnen war drückend und keine von ihnen traute sich, sie zu brechen. Rasha stand auf und kam zu Nina ans Fenster. Sie nahm ihr Gesicht zwischen die Hände und suchte ihren Blick.

„Nina, ich will den Rest meines Lebens mit dir verbringen. Das schließt pelzig am Vollmond umherlaufen mit ein."

Tränen stiegen in ihre Augen und sie zog Rasha in eine feste Umarmung. Sie hatte recht, aber ihre Angst, das Beste in ihrem Leben zu verlieren, weil das Wolfsdasein nicht Rashas Vorstellungen entsprach und nicht mehr rückgängig gemacht werden konnte, war momentan zu groß. Als sie sich lösten, wischte Rasha ihr über die Wangen und gab ihr einen sanften Kuss.

*Zitat aus „Das Jahr des Mondes" von Anne Zandt*
*(S. 116, Books on Demand, 2023)*

„Du wolltest mich abholen?" Deniz sah überrascht aus.

„Ähm, ja. Ich habe auch ein bisschen was eingekauft. Dachte, vielleicht mach ich dir eine Kleinigkeit zu essen? Du sollst dich ja schonen und … na ja."

Verlegen fummelte Nils den Autoschlüssel aus seiner engen Jeanstasche, sprang auf und ging los. Wie peinlich war das bitte?

Weit kam er nicht, denn eine starke Hand legte sich abermals um seinen Arm, zog ihn zurück und schon landeten weiche Lippen auf seinen. Nils keuchte und seine Beine fühlten sich mit einem Mal an wie Wackelpudding. Das war neu. Deniz' Bart kitzelte ihn leicht. Und sein Geruch stieg ihm trotz Krankenhausumgebung in die Nase. Der Kuss dauerte nicht lange, und doch war er so schön und intensiv, wie Nils es noch nie gefühlt hatte.

„So, jetzt können wir gehen."

Deniz schien zufrieden mit sich, ließ ihn los und verschwand aus dem Zimmer – in dem Nils verwirrt zurückblieb.

*Zitat aus „Unverhofft glücklich (1): Kiosk-Liebe" von Gianna Maas (S. 80, Kindle Direct Publishing, 2023)*

Die Druvid lehnte sich vor und Muriel erstarrte. Glenna war so nah und gleichzeitig so unerträglich fern. Und kurz bevor sie nicht mehr widerstehen konnte und die Druvid an sich reißen wollte – da legten sich die weichsten Lippen der ganzen Insel auf ihren Mund.

Glenna war behutsam und sanft, geradezu vorsichtig. Sie tastete sich vor, wich zurück, nur um danach energischer zurückzukehren, wie eine neugierige Welle, die den Strand erkunden wollte.

Muriel schmeckte die Bitterkeit von Erde auf Glennas Lippen, durchwoben von süßen Moorbeeren und einem Hauch Waldminze. Sie erfassten den Geschmack ehrfürchtig, ließ ihn sich auf der Zunge zergehen. Es war etwas Kostbares, begriff sie. Etwas, das sie erobern, behalten, beschützen wollte. Doch der Kuss war so schnell vorbei, wie er begonnen hatte. Glenna zog sich von ihr zurück.

„War das in Ordnung?"

Muriel gab keine Antwort.

„Muriel?"

„Küss mich nochmal. Diesmal länger." Muriel erkannte ihre eigene Stimme kaum wieder, so fordernd, so dunkel vor Lust. Sie schämte sich für diese Schwäche, diesen Riss in ihrer Rüstung.

Glennas schönes Gesicht schwebte über ihr, umringt von einer dunklen Haarwolke, durchsetzt von wenigen Sternen. In der Dunkelheit glaubte Muriel, ein Lächeln erkennen zu können, dann kehrten die forschenden Lippen zurück. Und es gab nichts anderes mehr. Muriel zerfloss.

In Angst und Bedauern.

In Neugier und Sehnsucht.

In Hingabe und Verlangen.

Sie starb vor Erregung, nur um neu geboren zu werden. Als sich Glenna wieder von ihr löste, hatte sich die Welt verändert.

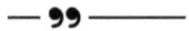

*Zitat aus „Gezeitenruf – Das Lied der Seeglöckchen" von Yola Stahl*
*(tolino media, 2023)*

Wie von selbst wanderte seine Hand an Ticos Wange, strich mit dem Daumen sacht über sie. Es bräuchte nur eine kleine Bewegung des Kopfes, um die letzte Distanz zu überwinden und Ticos Lippen zu erreichen. In dessen Augen war keinerlei Ablehnung zu erkennen, was Cooper letztlich vollständig ermutigte. Der Kuss war zuerst zaghaft, aber bereits extrem aufregend und wunderschön. Mit klopfendem Herzen wartete er auf eine Reaktion … entweder das gefürchtete Wegstoßen oder eine Erwiderung. Es waren nur wenige Sekunden, aber sie fühlten sich wie eine Ewigkeit an, in der er einfach nur wie ein Fragezeichen dalag und sich nicht weiter zu rühren traute.

Tico presste seine Lippen unmittelbar fester auf Coopers, und schon verloren sie sich in einem zärtlichen Kuss, der von Sehnsucht und Zuneigung erfüllt war.

*Zitat aus „World's end. Our beginning." von R. M. Amerein*
*(S. 101, Books on Demand, 2022)*

Als wir den Pub verließen, waren wir beide etwas wackelig auf den Beinen, aber bester Laune. Wir torkelten Richtung B&B, sangen immer wieder irgendwelche Songs an und hielten einander davon ab, in Blumenbeete oder Hecken zu fallen.

Doch plötzlich packte Christopher mich an den Schultern, drückte mich rücklings an eine Hauswand, vergrub seine Hände in meinen Haaren und presste seine Lippen auf meine. Es war ein leidenschaftlicher, harter Kuss, ohne jede Finesse oder Geduld. Seine Zunge drängte in meinen Mund und ich wusste im ersten Moment gar nicht, wie mir geschah. Ich stand wie angewurzelt da und ließ ihn einfach machen. Doch der Alkohol in meinem Blut zeigte seine Wirkung.

Der Kuss war ausgesprochen gut und ich ließ mich schlussendlich voll drauf ein. Ich schlang meine Arme um ihn und zog ihn noch näher an mich heran. Meine Hände wanderten seinen Rücken hinauf. Ich spürte das weiche Leder seiner Jacke, dann die dunklen Locken, die bis in seinen Nacken reichten und vergrub meine Finger in ihnen. Ich packte etwas fester zu und zog seinen Kopf sanft nach hinten, so dass er mich ansehen musste. Ein verschwörerisches Grinsen auf den Lippen, ein lustvolles Funkeln in den blaugrünen Augen ... und unsere Lippen trafen sich erneut, bevor ich meine über seinen Hals wandern ließ und seinen erhöhten Pulsschlag fühlen konnte. Mit meiner Zunge hinterließ ich eine Spur auf seiner Haut und ich konnte deutlich spüren, wie ihn ein Schauer durchfuhr.

*Zitat aus „Love Lines" von Stefanie Biermann*
*(bisher unveröffentlicht)*

Theo wusste, dass sich Liebende küssten.

Er sah oft, wie sich seine Eltern zärtlich berührten oder küssten, wie sie einander hielten, als würde der Wind versuchen, sie auseinanderzureißen. Er kannte die Geschichten von verfluchten Liebenden, und jene, die dem Pfarrer in Dorf die Schamesröte ins Gesicht treiben würde. Bei den Dorffesten hatte er oft die Burschen beobachtet, die den Mädchen nachstellten und deren Äußeres bewerteten, ehe sie sie zum Tanze aufforderten.

Es hatte ihn nicht gekümmert.

Er blickte niemanden an und dachte daran, wie es wohl wäre, seine Lippen auf die der anderen Person zu pressen. Er kannte dieses oft beschriebene, brennende Verlangen nicht. Für ihn war es mehr eine Unannehmlichkeit als etwas, das er öfter erfahren wollte. Egal ob Junge oder Mädchen, nichts berührte ihn. Doch wenn er Florian ansah, konnte er sich zumindest vorstellen, warum man manche Menschen küssen wollen würde. Neben Florian fühlte er sich geborgen. Er wollte ihm jedes Geheimnis anvertrauen und ihm all die Orte am Berg und rund herum zeigen, die er so sehr liebte.

Er wusste nur nicht, ob er das wollte.

Sein Freund war ihm nun so nah, dass er den Duft von Rosenwasser, der immer an Florian hing, wahrnehmen konnte. So nah, dass er schielen müsste, um ihm immer noch in die Augen sehen zu können. So nah, dass er eine Entscheidung treffen musste – und sich ebenfalls vorlehnte.

Nur für einen Moment berührten sich ihre Lippen. Ganz leicht, wie eine Brise in den Baumwipfeln. Theo lehnte seine Stirn gegen Florians und schloss die Augen, während er seinen gesamten Körper zwang, den typischen Fluchtinstinkt, den er bei der Berührung Fremder verspürte, zu unterdrücken. Es war schließlich nur Florian.

*Zitat aus „Mosaik der Liebe" von Christina Kulgart*
*(S. 125. Tredition, 2024)*

„Wunderschön!" Lenni lag auf dem Rücken im Schnee und starrte in den Himmel. In einem farbenprächtigen Spektakel bedeckten die Polarlichter sein gesamtes Sichtfeld. „Ich bin so froh, hier zu sein."

„Ich auch." Kenji schob die Finger zwischen seine. „Wusstest du, dass die Farben sich je nach Bestandteil der Atmosphäre verändern?"

Lenni drehte sich zur Seite. Er strich Kenji eine Haarsträhne aus dem Gesicht, die unter der Kapuze des Schneeanzuges hervorlugte. „Nein. Aber ich weiß, dass sich die Lichter in deinen Augen spiegeln." Er rückte etwas näher an ihn heran.

Kenji lachte leise, drückte ihre Hände fester. „Wirst du diese Szene wieder auf eines meiner T-Shirts sticken?"

„Hast du es endlich gesehen?" Lenni fuhr mit dem Daumen über dessen gerötete Wange. „Ich warte seit Wochen auf eine Reaktion."

„Wer sagt denn, ich hätte es nicht bemerkt?" Kenji zwinkerte ihm zu, legte die freie Hand an seine Taille. „Ich wollte doch nur wissen, welche Kunstwerke du so zauberst."

Eine sanfte Wärme krabbelte in Lennis Wangen. Sein Herz schlug gleichmäßig in seiner Brust. Beständig und sicher. Er verspürte keine Aufregung, nur innere Ruhe. „Wie wäre es damit?"

„Womit?" Kenjis Hand wanderte seinen Rücken hinauf bis zu seinem Nacken.

„Mit einem Kuss", murmelte Lenni und sah Kenji dabei in die Augen. „Soll ich die Szene sticken?"

„Ja." Kenji überbrückte die letzten Zentimeter. Warm und weich legten sich dessen Lippen auf Lennis Mund.

Lenni umfasste Kenjis Gesicht und vertiefte den Kuss, der nicht weniger magisch war als die funkelnden Polarlichter über ihnen.

*Zitat aus „Die feinen Spuren von Gold" von Rosie Lu*
*(erschienen auf fanfiktion.de)*

Sonnenlicht brach sich auf dem Sprühnebel und über uns schimmerte ein Regenbogen. Winzige Tropfen befeuchteten unsere Gesichter.

Bewundernd reckte Ravnarr den Kopf, doch das, was ich sah, war sie. Wie ihre glitzernden Augen hin und her huschten, um bloß keine Einzelheiten zu übersehen, wie ihre weichen, pinken Lippen langsam von einem Lächeln zu einem Strahlen erblühten. Die Sonne spann ihr Haar golden. Ich erschrak, wie unschuldig und jung sie wirkte, wie schön sie war. Frei von Kummer, dieses Leben wünschte ich mir für sie und für mich.

„Du beobachtest mich", sagte sie, ohne mich anzusehen.

Wärme stieg in mir auf. „Ich bewundere deine Schönheit."

Ihre Arme auf den Rücken verschränkend, drehte sie sich zu mir. „Willst du wissen, was dieser Blick mit mir tut?"

Ich trat an sie heran. „Zeig es mir."

Eine Hand auf meinem Brustkorb, schob sie mich rückwärts gegen einen Baum. Ihr Kuss benebelte meine Sinne, machte mich betrunken, wie Krüge heißen Mets an kalten Wintertagen. Unwichtig war alles um uns herum, der rauschende Wasserfall, die raschelnden Blätterkronen, die duftenden Blumen. Sie war meine Welt, meine Naturgewalt, die damit drohte, mich mit einer bloßen Berührung in die Knie zu zwingen. Ich würde sie mit mir ziehen, ihr zeigen, was *sie* mit mir tat.

*Zitat aus „Lied des ungezähmten Eises – Zorn der Flammen"*
*von Yara Elison (Drachenmond Verlag, 2024)*

Er stützte sich mit den Händen auf die Rückenlehne des Sofas, hinter dem er stand. Das Möbelstück gefiel ihm vor den weißen Wänden schon besser als vorher. „Ist das eigentlich komisch, wenn ich über meine Ex rede?"

Aus dem Augenwinkel sah er, wie Jörn den Kopf schüttelte. „Das beschäftigt dich ja noch ziemlich." Er trat hinter Chris und beugte sich vor, bis sein Atem ihn im Nacken kitzelte. „Wenn du zu viel von ihr redest, lenke ich dich einfach ab."

Chris schloss die Augen und lehnte den Kopf nach hinten auf Jörns Schulter. Dieser strich mit seinem Dreitagebart über Chris' Wange, bevor er ihn dort küsste. Er wandte ihm den Kopf zu und fing seine Lippen ein. Jörn ließ sich nicht zweimal bitten, löste den Kuss aber früher, als es ihm lieb war.

„Wenn wir so weitermachen, wird das erstmal nichts mit Kochen." Seine Stimme klang rauer als zuvor und Chris lief ein angenehmer Schauer über den Rücken. Wie, um alles in der Welt, konnte ihm mit knapp dreißig Jahren erst auffallen, wie wahnsinnig sexy Bartstoppeln und eine tiefe Stimme waren?

*Zitat aus „Der Mut, ihn zu lieben" von Jenna Gruenwaldt*
*(Kindle Direct Publishing, 2023)*

„Schön, dass du da warst", krächzte Moira.

Joannes Mundwinkel zuckten. Sie duftete nach Orangensaft und Zimtparfüm.

„Schlaf gut. Darf ich dich drücken?"

„Dass du immer fragst", murmelte Moira und öffnete ihre Arme. Sie liebte, dass Joanne immer fragte – dass sie selbst am Ende ihrer Beziehung, in den guten Phasen zwischen den Krisen, wenn sie einander noch zart berührten, immer um Erlaubnis gefragt hatte, ganz gleich, wie oft Moira sie sogar gebeten hatte, sie rauer anzufassen.

Sie fiel in den Duft dieser blonden Haare, die sie früher so oft an der Nase gekitzelt hatten, in die Wärme fremdgewordener und doch so vertrauter Arme. Schließlich stupste Joanne Moiras Nase mit ihrer eigenen an, wie sie es früher immer getan hatte, wie zwei Katzen, die einander begrüßten. Und dann fanden auch ihre Lippen einander. Nicht wild, nicht ungestüm, doch so intim, dass Moira der Atem stockte. Sie öffnete ihren Mund für Joanne, ließ ihre Zunge über Zähne gleiten, so scharf, so trügerisch klein, so vertraut. Ein heißer Schlag schoss ihr geradewegs in den Unterleib.

*„Die Symbiose der Besessenen" von Iva Moor*
*(bisher unveröffentlicht)*

„Ich weiß …" Mira sah sie nicht an, sondern starrte an die Decke. „Glaubst du nicht, dass ich mich das auch schon gefragt habe? Wie kann es sein, dass ich so fühle, wie ich fühle, wenn alle Welt mir sagt, dass es nicht richtig ist? Aber ich … ich muss einfach an dem Glauben festhalten, dass etwas nicht falsch sein kann, wenn es sich so richtig anfühlt. Wie kann Liebe jemals falsch sein? Wie könnte ich das wundervollste Gefühl, das ich jemals empfunden habe, als Sünde bezeichnen?"

Cassandra wischte Mira sanft die Tränen von den Wangen. „Ich möchte das auch gern glauben. Noch nie in meinem ganzen Leben ist mir jemand begegnet, der so war wie du. Noch niemals habe ich so für jemanden empfunden wie für dich. Ich … ich weiß einfach nicht, was ich jetzt machen soll."

Mira warf sich in ihre Arme und sie fielen rücklings zurück in die Kissen. Ehe Cassandra noch etwas hätte sagen können, waren Miras Lippen bereits auf ihren. Der Kuss raubte Cassandra den Atem und als Mira ihn nach einer Weile beendete, rang sie ebenfalls nach Luft. „Ich liebe dich", flüsterte sie sanft in Cassandras Ohr. „Was auch immer geschieht, diese Liebe, dieses Gefühl kann uns niemand nehmen!"

*Zitat aus „Von den Feen geküsst – Ileandors Hoffnung"*
*von Johanna Tiefenbacher (Kindle Direct Publishing, 2020)*

Wir fielen uns wie immer in die Arme und ich wäre am liebsten in sie hineingekrochen. Jeder Mikrometer zwischen uns war zu viel. Ich hatte das Gefühl, dass ich Jenna wie die Luft zum Atmen brauchte. Nochmal… 15 Jahre. Pubertär. Dramatisch. Ihr wisst schon… Die Pause war vielleicht zu zwei Dritteln vergangen, da rief jemand nach mir und ich hob meinen Kopf, der bislang auf ihrer Schulter ruhte. Um denjenigen auszumachen, der nach mir rief, musste ich meinen Kopf drehen, da ich die Stimme schräg hinter mir vermutete. Auf dem Weg streiften meine Lippen ihre Wangen und mein Blick verfing sich in ihren Augen. Das nächste an was ich mich erinnere ist ein allesverschlingender Kuss, der mich nicht nur alles um mich herum vergessen ließ, sondern auch so unglaublich glücklich machte, dass ich auch heute noch kaum Worte finde, um dieses Glück zu beschreiben. Ich hob förmlich ab und wurde in andere Sphären gebeamt. Mein erster Kuss. Mein erstes Mal Verliebtsein. Es war wie fliegen.

*Zitat aus „Das Mädchen in pink und blond" von Nora Brüning (Wreaders Verlag, 2025)*

„Du gehörst mir, Vigar", wisperte Thyon. „Endlich gehörst du ganz mir."

„Und du mir", gab er rau zurück, sich mühsam auf Worte besinnend, gefangen in dem Zauber, den nur Thyon über ihn zu werfen verstand. Vigar griff nach ihm, packte seine Arme. Vor den Lippen verharrte Vigar, ihre Augen auf gleicher Höhe. Er konnte das Funkeln der Eismagie in den hellblauen Tiefen sehen, hörte das leise Wispern und Raunen, welches den Akylongin begleitete und nun auch ihn. Seine Gefühle drohten Vigar zu übermannen, ihn unter der gewaltigen Wucht zusammenbrechen zu lassen. Er drückte Thyon von sich, griff jedoch sofort erneut nach ihm. Grob umklammerte er das Gesicht. Sein Körper war zum Zerreißen angespannt.

„Warum? Warum hast du es mir nicht gesagt?" Er küsste, biss Thyon, dessen Finger sich in Kleidung und Haut krallten. Vigar stieß ihn rückwärts in Richtung seines Zimmers.

„Es war riskant." Thyon zischte auf, als Vigars Zähne seine Lippe verletzte. „Du hättest sterben können. Wie konnte ich wissen, ob meine Gefühle stark genug sein würden? Und deine? Ich wollte nie mit deinem Leben spielen. Du hättest mich sterben lassen sollen. Du wärst frei gewesen."

„Und alleine. Ewig unsicher, ewig zweifelnd." Vigar knurrte, drückte die Tür auf und stieß Thyon hindurch. „So wie all die Jahre. Dämonen! Alles, was ich wollte, war Gewissheit. Ich wollte es nur einmal hören."

„Ich konnte es dir nicht sagen." Thyon zerrte am Hemd, zerriss den Stoff, drang auf die blanke Haut vor. „Ich war nicht sicher. Nie. Ich bin kein Mensch, Vigar."

*Zitat aus „Pegasuscitar – Auf magischen Schwingen"*
*von Chris P. Rolls (Main Verlag, 2014)*

Ein schwaches Lächeln erschien auf Tucks Lippen.

„War mir einer Sache nie sicherer." Die Hand legte er auf meinen Oberschenkel und ich legte meine mit einem leichten Druck darauf. Noch immer sahen wir einander an. Ich lehnte mich vor und griff mit der freien Hand nach seiner Wange. Wir waren uns nahe, ich spürte seinen Atem auf meiner Haut. Erneut verzogen sich meine Lippen zu einem Grinsen.

„Scheiße, jetzt küss mich", hauchte Tuck und das ließ ich mir nicht zwei Mal sagen. Mir doch egal, dass wir uns in einem Taxi befanden. Seine Hand krallte sich in meinen Hoodie und zog mich heran.

Unsere Lippen trafen aufeinander und mir entkam ein Stöhnen. Seine Lippen fühlten sich wahnsinnig weich an. Es jagte ein Kribbeln durch meinen Körper. Automatisch wanderte die Hand in seinen Nacken.

Ein Räuspern unterbrach den Kuss.

„Wir sind am Ziel, meine Herrschaften."

Sofort lösten wir uns voneinander und blickten uns kurz wie Teenager, die gerade erwischt wurden, an. Doch dann tauchte dieses verwegene Grinsen auf, welches Tuck früher schon immer hatte.

„Danke", erwiderte er und ich zog meine Geldbörse aus der Tasche. Wortlos reichte ich die Karte dem Fahrer, der abkassierte. Neben mir stieg Tuck bereits aus.

„Vielen Dank und schönen Abend noch."

„Ebenfalls, Sir."

*Zitat aus „Projekt RHxWQ" von Ana Marin*
*(bisher unveröffentlicht)*

Die Kufen kratzten über das Eis als Anne neben mir zum Stillstand kam. Sie keuchte lautstark. „Und?" Ich grinste ihr entgegen. Ihre Stirnfransen klebten an ihrer schweißnassen Stirn. Ihr athletischer Brustkorb hob und senkte sich mit jedem ihrer schnellen Atemzüge. Sie wollte ihre Zeit wissen.

„Fast zehn Sekunden schneller als beim letzten Mal". Erleichtert atmete sie erneut aus. Ich konnte meinen Blick nicht von ihr abwenden. Ihre geröteten Wangen und die funkelnden Augen hatten mich in den Bann gezogen. Frech erwiderte sie meinen Blick und ergriff meine Hand. Sanft drehte sie diese zu sich, um sich selbst von der Zeit, die sie von der Stoppuhr ablesen konnte, zu überzeugen.

Kaum hatte ihre behandschuhte Hand meine berührt, durchzogen Blitze meinen Körper. Anne hielt sich nicht damit auf meine Hand bloß zu nehmen, sondern zog sanft daran. „Lisa", wisperte sie und ich spürte, wie sich ihr Körper näher an meinen schmiegte. Sie war einen halben Kopf kleiner als ich, doch unheimlich muskulös. Mit der freien Hand strich sie sanft über meine Wange. Jede kleine Berührung ließ mein Herz höherschlagen und beschleunigte meinen Atem. Durch die Nähe umfasste mich nun ihr Geruch. Bevor sie es konnte, verschloss ich meine Lippen mit ihren. Zu einem Kuss, der süßer nicht sein konnte, aber unglaublich verboten schmeckte.

*Zitat aus „Kissing the Skatingqueen" von Romy Kleib*
*(bisher unveröffentlicht)*

Alexanders Stimme ist ein Flüstern. „Alles ist dort. Was mal war und was sein wird."

Ich öffne die Augen. Er schaut zu Boden.

„Alles?", frage ich. Er nickt und schließlich sehe ich in das helle Sturmgrau, in die blauen Punkte. „Auch das, was nicht sein kann?"

„Willst du, dass es da ist, dass es sein kann?" Seine Hand berührt meinen Arm. Zarte Kreise.

Ich bin ihm so nahe und doch nicht nahe genug. Ich suche zwischen dem Grau und Blau nach etwas Dunklem. Nach etwas, was nicht sein soll, aber ich finde nichts.

„Ja", bringe ich schließlich heraus. Noch näher. Klare Winterluft und so viel mehr, was ich wahrnehme. Ich will spüren, dass da Wärme ist, so wie in seiner Stimme. Langsam streiche ich seinen Arm hinauf, fahre die Naht seines Pullovers mit dem Finger nach, berühre die warme Haut an seinem Hals. Sein Puls unter meinen Fingern. Alexander schließt für eine Sekunde die Augen. Fährt sich mit der Zunge über die Lippen.

Ich will, dass es da ist. Ich will, dass es sein kann. Nicht nur in meinem Kopf, vergraben unter Gewohnheit, Enttäuschung und dunklen Wolken.

„Dann", sein Blick huscht zu meinen Lippen und zurück, „dann ist es da."

Ich schließe die Augen und spüre. Ihn.

Vielleicht ist es dieser Moment, wenn man alles vergisst. Wenn sich ein Teil, der nach außen wirkt und wahrnimmt, abschaltet und ein anderer erwacht.

Es ist ein bisschen so, als ob man den Sternenhimmel fühlt. Auf den Lippen.

*Zitat aus „Drei Meter über Null" von Esra Groll*
*(S. 143, Books on Demand, 2024)*

Liz rollte mit den Augen und öffnete den Mund, um einen ihrer schnippischen Kommentare loszulassen, doch dann erhellte sich ihre Miene urplötzlich. Als Emilia ihrem Blick über den Marktplatz folgte, erkannte sie auch den Grund dafür.

„Neva!"

Trotz ihrer getrübten Laune musste Emilia lächeln, als ihre beste Freundin am Brunnen vorbeirannte und sich förmlich auf das Mädchen in der karmesinroten Uniform stürzte. Neva stieß ein lautes Uff aus und warf lachend den Kopf zurück, bevor sie sanft eine Hand in Liz' rot und grün gesprenkelte Haare schob.

Emilia verschränkte die Arme und hob die Augenbrauen. Der Marktplatz war ein überaus öffentlicher Platz für so viel Zurschaustellung von Zuneigung. Aber sie hatte nicht das Herz, etwas zu sagen, als sie sah, mit welcher Zärtlichkeit die beiden sich küssten. Alle Anspannung war aus Liz' Miene gewichen, ihre Arme eng um Nevas Taille geschlungen und Neva selbst strich mit der anderen Hand ihren Rücken auf und ab, als merke sie, dass es Liz nicht gutging.

Die beiden schwankten einen Moment lang auf der Stelle, eng umschlungen, bevor Neva sich von Liz löste und ihre Stirn gegen die ihrer Freundin lehnte.

„Hallo", murmelte sie grinsend.

„Hallo", erwiderte Liz, leise und liebevoll und ihr Gesicht strahlte dabei eine freudige Ruhe aus, wie Emilia sie nur selten einmal gesehen hatte.

*Zitat aus „The Magpie Chronicles" von Vic Theege*
*(bisher unveröffentlicht)*

„Ich bin wirklich froh, dass mein Fahrrad damals einen Platten hatte. Du hast mich zu dir geholt und mir diese wunderschöne Seite des Frühlings gezeigt", beendet Keith seine Rede.

Noah lächelt sein liebevolles Lächeln.

„Ich bin froh, dass du so trotzig gewesen bist und diese Schnute bis heute nicht verloren hast", merkt Noah mit einem kleinen Grinsen auf den Lippen an.

Beide müssen darauf Lachen und Keith schüttelt seinen Kopf.

„Du warst doch schon dran!", meckert er gleich.

Noah legt sich einen Zeigefinger an den Mund und hält dann wieder die Hand seines Geliebten.

„Dann möchte ich Sie beide hiermit vereinigen. Auf ein Leben in ewiger Zweisamkeit. Und nun besiedelt diesen höchsten Bund zweier Menschen, die Ehe, mit einem Kuss."

Und das lassen sich die beiden nicht zweimal sagen. Ohne lange zu zögern, legen sich ihre Lippen wie schon so oft aufeinander. Doch steckt in diesem heutigen Kuss so viel mehr an Gefühlen, an Situationen, an Erlebnissen. Gemeinsam auf dem Feld ihres ersten Treffens gaben sie sich im Schein der untergehenden Sonne einander hin. Umgeben vom Frühlingsflimmer starten sie in ihr gemeinsames Leben als Eheleute und Familie. Als wäre das noch nicht genug, bricht über ihnen wieder der Regen aus. Die beiden lösen ihren Kuss, schauen sich an und lachen gleich über dieses Déjà-vu los. Gemeinsam mit den wenigen Gästen flüchten sie zu sich nach Hause, um im Schutz der Pavillons im Garten auf ein Leben voller Liebe, Vielfalt und Chaos anzustoßen.

*Zitat aus „Frühlingsflimmern" von Joana Hardt*
*(veröffentlicht auf Wattpad)*

Er schnuppert an meinem Hals. Dann löst er sich von mir und lehnt sich so weit zurück, dass wir uns wieder in die Augen sehen. Das helle Grün strahlt mich an und mir läuft ein wohliger Schauder den Rücken hinunter.

„Ich würde dich gerne küssen", raune ich und erkenne meine kratzige Stimme kaum wieder.

„Das ist gut, ich dich nämlich auch." Er überbrückt die paar Zentimeter, die uns trennen. Federleicht legt er seine Lippen auf die meinen und lässt ein Feuerwerk in mir hochgehen. Ich schaue ihm in die Augen, nur um sicherzugehen, dass ich das hier gerade nicht träume, dann schließe ich diese und intensiviere den Kuss.

Er liebkost meine Lippen, zieht mich näher an sich und ich werde mutiger, lasse meine Finger auf Wanderschaft gehen. Bo brummt in den Kuss, als ich meine Hände über seinen Rücken, in den Nacken und in seine Haare streifen lasse. Er trägt sie zu einem unordentlichen Dutt zusammengehalten, ich spüre die einzelnen geflochtenen Strähnen aber. Lächelnd vergrabe ich genau dort meine Finger. Bo knabbert an meiner Unterlippe, löst sich von meinem Mund, hört aber nicht auf mich zu küssen. Er küsst sich einen langsamen, verführerischen Weg direkt zu meinem Ohr. Ich keuche gegen seine Haut und spüre, wie er schmunzelt. Sein Atem kitzelt meine Halspartie, mein Kinn, meine Ohren. Er leckt ganz leicht über mein Ohrläppchen, ehe er es zwischen die Zähne nimmt und daran knabbert.

*Zitat aus „Konfetti im Bauch" von Luca Hazel*
*(Kindle Direct Publishing, 2024)*

Die Luft roch nach Asche, Magie und nach Abschied. Simon spürte die Wärme von Lemons Lippen, den letzten Funken Leben, der sich in dem Kuss auflöste. Ein schmerzhaft schöner Abschied. Doch kaum war Lemons Körper zu Asche zerfallen, erhob sich aus den Flammen ein neuer Leib, geformt aus Licht und Feuer. Timon riss die Augen auf, sein Atem war der erste, ein keuchender Hauch von neuem Leben.

Simon taumelte zurück, als sich Lemons Asche noch um ihn drehte, golden schimmernd im flackernden Licht der Feuersäule. Timon stand da, nackt, seine Haut noch von den letzten Funken der Flammen berührt. Ein Moment der Stille, als er sich selbst betrachtete, als wollte er sicherstellen, dass er wirklich lebte. Dann fiel sein Blick auf Simon, dessen Lippen noch die Wärme von Lemons letztem Moment spürten.

Etwas in Simon zerbrach und heilte gleichzeitig, als er sich vorbeugte, Timon festhielt und ihm tief in seine grünen Augen sah. „Für einen Sommer lang?", flüsterte er.

Timon blinzelte, bevor er zögernd nickte. Als Simon seine Hand sanft auf Timons nackten Oberkörper legte, glitt diese langsam über die noch immer warme Haut. Sie stoppte, als sie seinen Bauchnabel ertastete. Simon griff um ihn, fuhr an seinem Hintern entlang, presste sich an ihn. Dann fuhren seine Hände den Rücken von Timon nach oben und vergruben sich in seinen Schulterblättern.

„Für einen Sommer lang", hauchte Timon und versank in einem weiteren Kuss.

*„Phoenix Kiss – für einen Sommer lang" von Nox Juvenell*
*(bisher unveröffentlicht)*

„Falls du glaubst, dass du mich deswegen loswirst, liegst du falsch." Skylar küsste ihn auf den Kopf und stand dann wieder auf. „Ich bin nämlich endlich da, wo ich hinwollte."

Lenox folgte der Bewegung und legte die Arme entgegen der Lust nur zärtlich um Skylar. Seine Haut roch nach in Kakao getunkten Honigtoast, das war ihm bislang nicht aufgefallen.

„Ich auch", murmelte er, bevor er Skylars Lippen mit den seinen suchte.

Sie tauschten einen hungrigen Kuss, ehe Lenox in die Knie sank.

— 99 —

*Zitat aus „Judy – Ein Gruselsnack" von Ela Bloom*
*(S. 47, Dark Empire Verlag, 2023)*

Mirabelle stieß die Haustür auf und der überwältigende Geruch von Pilzragout schlug ihr entgegen.

„Schatz, ich hab Steinpilze gefunden!" Akelei strahlte. Vor ihr blubberte und zisselte es in Töpfen und Pfannen und überall lagen Pilzteile herum. Sie strich ein paar widerspenstige Locken aus der Stirn und wischte die Hände an der mit Pilzen und Kröten bestickten Schürze ab.

Mirabelle zog ihre Gattin in eine feste Umarmung. Egal wie oft, egal wie viele Jahre, sie würde nie genug von Akelei bekommen. Den Rundungen, die sich an ihre schmiegten, der Geruch von Rauch in ihrem Haar.

„Ich hoffe, du bist dafür nicht zu tief in den Wald gelaufen." Sie flüsterte es Akelei ins Ohr und spürte, wie deren Wangen warm wurden.

„Niemals", hauchte Akelei und zog Mirabelle in einen Kuss. Kurz und weich.

„Das klingt nach einer Lüge, meine Liebste."

„Ach ja?"

Der nächste Kuss war fordernder. Mirabelle spürte die Hitze, genoss jeden Augenblick. Ihre Frau schmeckte nach gebratenem Steinpilz. Sie musste lächeln. Mutter Erde sei Dank, dass Mirabelle Pilze genauso sehr liebte wie die Pilzhexe, die sie tagtäglich zubereitete.

„Was amüsiert dich?" Akelei fuhr über Mirabelles Wange, hinunter zum Hals. Ein wohliges Schaudern überkam Mirabelle.

„Nichts. Ich dachte nur, ich sollte dich nicht weiter aufhalten, sonst brennt unser Abendbrot an."

„Keine Sorge, ich hab es im Blick", sagte Akelei und warf einen Blick auf die Speisen.

Nach einem letzten schnellen Kuss lauschte Mirabelle den Geschichten ihrer Frau, deckte den Tisch und konnte sich keinen Ort vorstellen, an dem sie lieber wäre.

*„Im Haus von zwei Hexen" von Cel Silen*
*(bisher unveröffentlicht)*

Das Scheinwerferlicht flackerte, als der letzte Vorhang fiel. Draußen jubelten sie noch, aber das bedeutete nichts. Erika lehnte sich gegen die Garderobenwand, die Zigarette zwischen den Fingern. Der Rauch stieg in die Münchner Nacht, die noch ein letztes Mal zur ihrer Bühne gehörte. Ihr Blick wanderte zum Fenster. Draußen, von den Lichtern der Stadt nur schwach erleuchtet, flimmerte ein Wahlplakat der NSDAP – groß, kalt, bedrohlich. Die Worte prangten wie ein Vorbote.

„Sie saßen heute in der ersten Reihe", sagte Therese leise. Erika wusste sofort, wen sie meinte – die Braunhemden, deren Anwesenheit die Luft erstickte. „Ich weiß", murmelte sie.

Therese trat näher, nahm ihr die Zigarette ab, sog den Rauch tief ein. „Wie lange noch?"

„Nicht mehr lange." Erika betrachtete die Frau vor sich. Ihr Blick war scharf, durchbohrend. Sie war nicht schön wie die Damen in den Salons, aber sie trug in sich eine Wahrheit, die alles überstrahlte. Und das war gefährlich geworden.

Erika legte ihre Hände an Thereses Wangen, zog sie sanft zu sich. Ein letzter Augenblick der Stille – dann trafen sich ihre Lippen. Der Kuss war wie ein Sturm, wild und unerbittlich. Der Rauch, der Wein, das Lampenfieber – alles verschmolz in diesem einen, intensiven Moment. Thereses Finger gruben sich in Erikas Hemd, als wollte sie etwas festhalten, was längst zu entgleiten drohte. Ein Atemzug, der nie mehr kommen würde. Ein letzter Widerstand.

*„Erika Mann: Daughter of Rebellion – München 1932"*
*von Nox Juvenell (bisher unveröffentlicht)*

Ein wenig näher noch zog Leonard ihn an sich, atmete tief seinen Geruch ein. Jetzt war es bereits zu spät. Sein Verhalten konnte er nicht mehr erklären, nicht ungeschehen machen, kam es da überhaupt noch darauf an? Er sah zu Ben auf, verlor sich in seinen Augen und den hellen Sprenkeln. Sein Verstand meldete schwachen Protest, aber Leonard war unfähig, darauf zu hören. Er musste es wissen. Jetzt sofort. Näher, noch viel näher. Er sah, wie sich Bens Augen weiteten, ahnte er, was er vorhatte? Wenn, dann schritt er nicht ein. Die letzten paar Zentimeter überwindend küsste Leonard ihn.

Der Kuss war anders als mit Frauen. Die Lippen nicht ganz so weich und zart.

In dem Moment, als er sich wieder zurückziehen wollte, erwiderte Ben den Kuss. Ganz vorsichtig, fast etwas unsicher, als wüsste er nicht so recht, was er von der Situation halten sollte. Leonard hätte es ihm auch nicht sagen können. Er wusste nur, dass er den Kuss nicht unterbrechen durfte, noch nicht. Sobald sich ihre Lippen voneinander trennten, würde sich sein Verstand wieder einschalten und das durfte er auf gar keinen Fall zulassen. Alle Gedanken mussten warten, waren für diesen Moment eingefroren. Leonard spürte, wie Ben einen Arm um ihn legte und ihn sanft noch etwas enger an sich zog. Nicht denken, nicht grübeln, nicht planen. Nur spüren und schmecken, während er seinen erdigen Geruch einatmete und sich so geborgen wie schon lange nicht mehr fühlte.

*Zitat aus „Sonne, Mond und Sterne: Teil 3 – Sternenlicht"*
*von Serena C. Evans (Kindle Direct Publishing, 2017)*

Bevor ich irgendwie reagieren konnte, hatte sie sich aufgesetzt und zu mir umgedreht. Der enge Sessel erlaubte keinerlei Distanz, die Decke rutschte von uns herunter, ihr Körper drängte sich an meinen. Dann lagen beide Hände auf meinen Wangen und in ihrem Lächeln war keine Kälte mehr zu finden.

Es versengte mich.

„Pchelka … Flora", sagte, nein, wisperte sie, „können wir Aleks heute aus unseren Gesprächen lassen? Mein Tag war ebenfalls sehr anstrengend und ich möchte die Zeit mit dir nicht damit verschwenden, über jemanden zu reden, den wir beide nicht sonderlich leiden können."

Sie war mir zu nah, ihr Gesicht berührte beinah meins, verdrängte alles andere aus meiner Wahrnehmung.

Ich schaffte ein „Ja", glaubte zumindest, etwas gesagt zu haben, sah das Glühen ihrer Augen im Dämmerlicht und auf einmal existierte überhaupt kein Thema mehr in meinem Kopf.

Nur noch sie.

Nur Sanya.

„Sanya …", krächzte ich, setzte neu an. „Du … Ich …"

Sie lächelte. „Darf ich?"

Ich gab ihr keine Chance, die Frage zu konkretisieren, war längst den letzten winzigen Zentimeter vorgerutscht, meine Hände irgendwo auf ihren Schultern, ihre weiterhin auf meinen Wangen, und küsste sie.

*Zitat aus „A Wife for the Heiress" von Kat Lionne*
*(S. 154, Kindle Direct Publishing, 2024)*

„Wusstest du, dass jedes Mädchen davon fantasiert, irgendwann ihre große Liebe in ihrem Kinderzimmer zu verführen?"

„Ich habe nie davon geträumt." Sie gähnte, ihre Augenlider flatterten.

„Du zählst nicht. Du bist ja der Gegenstand meiner Fantasie."

Ich hatte sie. Als ihre Augen aufflogen, leuchtete mir ungezähmte Gier im tiefen Grün der Iris entgegen.

„Ist das so?", wollte sie wissen, der Tonfall jetzt dunkel und voller Versprechungen. „So früh am Morgen und schon lügst du mich an, Kätzchen? War nicht die Frau, die uns hier von jedem Zentimeter deiner Wände entgegenlächelt, Gegenstand deiner Fantasie?"

„Na ja, ja, aber …"

Sofija bleckte die Zähne, beugte sich zu meinem Ohr herunter. „Also. Was genau hat diese Frau in deiner Fantasie mit dir angestellt? Julia Roberts?"

„Erst mal … Erst mal hat sie mich natürlich geküsst", flüsterte ich. Süßes Prickeln überzog meinen gesamten Körper.

„So?" Ein keuscher Kuss landete auf meinem Mundwinkel.

Ich zappelte unter ihr. „Nein. Nicht so!"

„So?" Dieses Mal küsste sie meine Nasenspitze.

Keuchend verstärkte ich meine Versuche, mich zu befreien. Vergeblich. Ich schüttelte heftig den Kopf und bekam ein Schmunzeln von ihr. Nicht sanft. Berechnend.

„Wenn du mir nicht Näheres verrätst, kann ich dir nicht helfen, Dorothea. Ich bin schließlich nichts als das Werkzeug deiner Wünsche."

„Fuck! Sie … Sie hat mich richtig geküsst. Mit Zunge. Ein bisschen hart, bis meine Lippen geschwollen waren und …"

Ihr Mund stürzte nach unten. Stöhnend kam ich ihr entgegen, wurde von einem Kuss überwältigt, der endgültig alles in mir in Brand setzte.

*Zitat aus „Circus of Desire: Im Käfig" von Lux N. Tells*
*(S. 198, Kindle Direct Publishing, 2024)*

Wenn ich Clara küsse, platzt mir der Himmel aus der Brust. Sterne überschlagen sich in meinen Kopf, der Mond lacht aus meinem Herzen und ich fühle mich so leicht, dass all der Weltschmerz seine Schwere verliert. Clara bringt mich zum Brennen, zum Kämpfen, zum Aufstehen. Mit ihr an meiner Seite weiß ich, dass ich nicht verlieren kann, und wenn, dann sprengt sie mich mit ihrer Liebe wieder aus dem Dreck, den Steinen, aus jedem verfluchten Grab. „Lilli", flüstert Clara und bringt meine Knochen zum Leuchten. Ihre Hände ziehen die Bluse meiner Schuluniform aus meinem Rock, während ich sie aus ihrem grauen Pullover befreie. Wir stolpern in die Richtung ihres Betts. Ihre Berührungen brennen an meiner Haut wie Frostfeuer, das in seiner Herstellung präzise Griffe und noch mehr Geduld verlangt – eine falsche Bewegung, deine Finger frieren ein und deine Knochen schmelzen. Und ich lasse mich von Clara verbrennen, schockfrosten, erhitzen – soll mich ihr Gefrierbrand verschlingen, es macht mich viel zu glücklich.

*Zitat aus „Projekt Raupen" von Sara Fabian*
*(bisher unveröffentlicht)*

Der Jahreswechsel stand kurz bevor, nur noch zehn Sekunden trennten das alte vom neuen Jahr. Die kostümierten Besucher stimmten in den Countdown des DJs mit ein und ein lauter Chor zählte die Sekunden herunter. Noch sechs Sekunden. Noch …

„Fünf …!"

Catwoman schmiegte sich an Preemas Körper und strich ihr durch das wellige Haar.

„Vier …!"

Sie schaute Preema in die Augen und blickte ihr beinahe bis auf den Grund der Seele. Ob Catwoman die Flecken darauf sehen konnte?

„Drei …!"

Catwomans Atem strich über Preemas Haut. Sie legte den Kopf ein wenig schräg und senkte den Blick auf Preemas Lippen.

„Zwei …!"

Preema wusste was geschehen würde. Sie hätte es verhindern können, wenn sie nur gewollt hätte.

„Eins …!"

Preema schloss die Augen in dem Moment, als Catwomans Lippen sie berührten und ein Feuer in ihrem Körper entfachten. Sie bekam kaum mit, wie die Menge zu jubeln begann und die Musik laut und bassreich wieder einsetzte. Preemas Sinne waren allein auf Catwoman konzentriert, deren Zunge sich nahezu kunstfertig in ihren Mund schlich. Tausend Schmetterlinge stiegen in Preemas Bauch und Brust empor und ihre Hände wanderten wie ferngesteuert um Catwomans Körper und drückten ihn noch fester an sich. Catwomans Kuss war pure Magie, und Preema war gefangen in der unerwartet intensiven Berührung. Sinnlich und elektrisierend. Aufregend. Die Geheimnisse des gesamten Universums schienen in diesem einen Kuss ihre Antworten zu finden.

*Zitat aus „Was Preema nicht weiß" von Sameena Jehanzeb*

*(S. 155, Nova MD, 2020)*

„Du hast Käse am Kinn", sagt sie dann und grinst noch breiter.

Ich lege das Besteck aus der Hand, nehme die Serviette und wische mir großzügig über das Kinn. Sie schüttelt den Kopf. Ich krame in meiner Tasche nach meinem kleinen Spiegel, als ich ihre Finger auf mir spüre. Ich erstarre sofort. Vorsichtig streicht sie mir übers Kinn. Ihre Finger sind warm, vermutlich von der Pizza, und so sanft. Ein Schaudern fährt über meinen Rücken, meine Arme. Ich beginne zu zittern.

Sie wischt sich die Hände ab, lächelt mich weiter an. Hinterlässt meine Haut kalt und sehnsüchtig.

Als würde sie es spüren, beugt sie sich zu mir, legt ihre Hände in meinen Nacken und küsst mich. Zart, hingebungsvoll. Ihre Lippen sind so geschmeidig. Ihre Hände wie ein Windhauch, der mich erneut zum Zittern bringt. Ihr Kuss ist so anders als alles, was ich kenne. Definitiv kein Schleudergang. So sanft, so vorsichtig, so bedächtig. Ohne Fordern, ohne Drang. So harmonisch.

*Zitat aus „Eine Boss Bitch zum Verlieben" von Sandra Andrés*
*(S. 84, Kindle Direct Publishing, 2023)*

Mit wild klopfendem Herzen sah er zu Noah, der neben ihm an der Kletterwand hing und dessen warmer Atem über sein Gesicht strich. Dabei sah er ihn mit einem solchen Verlangen an, dass Aidans Knie nachzugeben drohten.

„W-was ...", stammelte er mit brüchiger Stimme, da schloss Noah den Abstand zwischen ihnen, fanden sich ihre Lippen. Hungrig war alles, was Aidan zu diesem Kuss einfallen wollte, während sich Noahs kräftige Hand in seine Haare grub. Ein leises Wimmern entschlüpfte ihm, das von einem heiseren Brummen beantwortet wurde.

Der Kontrast aus himmlisch weichen Lippen und kratzigen Bartstoppeln brachte Aidan beinahe um den Verstand. Tränen brannten in seinen Augen, die er sich nicht mehr zu öffnen traute aus Angst, dass dieser Moment verschwinden könnte. Wenn das ein Traum war, dachte Aidan und stöhnte in den Kuss, dann würde er jeden Augenblick, jede Sekunde mitnehmen und für alle Ewigkeit in seinem Koffer einlagern. Er wollte sich für den Rest seines Lebens an das Gefühl erinnern, von Noah gewollt zu werden.

Ohne darüber nachzudenken, schlang er seine Arme um Noah – und befand sich plötzlich im freien Fall.

„Aidan!", rief Noah zum zweiten Mal an diesem Tag erschrocken aus, als Aidan rücklings auf dem Mattenboden aufschlug.

„Aua", stöhnte er, nicht sicher, ob er sich jemals wieder würde erheben können. Dabei wusste er nicht, ob das an seinem erneuten Absturz, dem Kuss oder doch an der Peinlichkeit lag, dass Noahs Kuss ihn hatte vergessen lassen, dass sie in einer Kletterhalle an der Wand hingen.

*Zitat aus „All the Love – Alles andere als ideal" von Ely Junge*
*(tolino media, 2024)*

„Ich will nicht einfach nur überleben, Lynn." Ich lächelte zaghaft. „Ich will dumme Sachen tun und nicht irgendwann feststellen, dass ich alt und verbittert geworden bin, weil ich mich mein Leben lang immer nur gefürchtet habe. Ich will ... Ich will lernen, wie man glücklich wird. Wie man liebt."

„Du meinst, wie man verletzt wird", fuhr Lynn hart dazwischen. Ihre Lippen waren zwei schmale Striche und sie versuchte, sich von mir zu lösen.

Ich legte den Kopf schief, ließ sie aber nicht los.

„Ja, auch das. Das gehört zusammen."

„Dann bist du wirklich dumm."

„Lynn", sagte ich entschlossener, als ich mich fühlte. „Ich kann das nicht verpassen."

Verwirrung strich über ihre Züge. Ich näherte mich mit heftig schlagendem Herzen. Auf einmal war mir furchtbar heiß.

„Was meinst du?"

Unsere Gesichter waren einander so nah, dass sich unsere Nasenspitzen fast berührten. Ich konnte ihren Atem auf meinem Mund spüren und öffnete leicht die Lippen.

„Das hier", hauchte ich und küsste sie.

*Zitat aus „V-Sights – Die Realität ist nicht genug" von Veronika Carver*
*(S. 196, Tagträumer Verlag, 2022)*

Sie kam noch näher und unsere Schuhspitzen berührten sich. Aber das war nicht alles. Auch unsere Brüste und Bäuche schmiegten sich sachte aneinander. Ich mag es, anderen dicken Menschen körperlich nah zu sein. Es ist diese kaum zu beschreibende Weichheit, die mir ein Gefühl von Geborgenheit vermittelt.

Sie leckte sich über die Lippen und ihre Augen blitzten schelmisch. „Na, schenkst du mir den ersten Kuss?" Ich grinste sie an und küsste sie schnell auf die Nasenspitze. Sie sah mich überrascht an. „Das ist nicht dein Ernst?!"

„Sorry, meine Liebe. Aber ich möchte dich erst besser kennenlernen. Wenn wir uns jetzt küssen, dann müsste ich morgen schon bei dir einziehen."

Sie machte einen Schritt zurück, verschränkte die Arme vor der Brust. „Das ist jetzt aber auch so ein Lesben-Klischee."

„Mit wie vielen deiner Exfreundinnen hast du zusammengewohnt?"

„Mit allen", gestand sie zerknirscht.

Ich schenkte ihr einen strengen Blick, hinter dem ich ein Grinsen nicht verkneifen konnte. Sie drehte sich wortlos um und verschwand in der Küche.

Kurz darauf tauchte sie mit zwei Stück Kuchen wieder auf. Mir lief das Wasser im Mund zusammen.

„Oh, lecker. Ich liebe Schokokuchen."

Sie schüttelte den Kopf. „Sie sind beide für mich. Also, ich würde dir einen abgeben, sagen wir, für einen Kuss."

„Du bist fies."

„Ich weiß."

Und wir wussten ebenfalls, dass ich auch ohne einen Kuss den Kuchen bekommen würde. Weil Konsens nun mal wichtig war.

*„Schokokuchen" von Jassi Etter*
*(bisher unveröffentlicht)*

„Ach, Ty, es tut mir leid." Die Prinzessin versuchte, sich von ihr zu lösen, aber Tracy packte sie nur fester. Überrascht sah Lu zu ihr hoch. Der Ausdruck auf ihrem Gesicht änderte sich. Sie musste erkennen, was in ihr vorging. Und als sie lächelte und die Lider senkte, beugte sich Tracy einem Impuls folgend vor und küsste sie.

Es war anders als die flüchtige Berührung ihrer Lippen bei ihrer Begrüßung, oder die öffentlichen Vertrautheiten. Der salzige Geschmack des Solewassers wurde von prickelnder Hitze überschwemmt, als sich Tracys Körper daran erinnerte, was er mit der Prinzessin bereits alles geteilt hatte. Lus kurzem Zögern folgte eine bereitwillige Einladung ihres Mundes, ihrer Finger, die sie Tracys Oberarme hinaufwandern ließ. Sie drängte sich ihr entgegen, und das so lang unterdrückte Verlangen wallte heftig in ihr auf.

*Ich habe dich vermisst. Manchmal so sehr, dass nichts und niemand genug war, um die Lücke zu füllen.*

— 99 —

*Zitat aus „Nebby Dove – Gefährliche Winde" von Veronika Carver*
*(Wunderzeilen Verlag, 2025)*

„Ich ... ich weiß nicht, warum ich hier bin", stammelte Yinwarin, unfähig, den Sturm der Gefühle in seinem Inneren zu bändigen. „Ich sollte nicht hier sein. Mein Verstand sagt mir, dass das falsch ist, verboten ist, aber mein Herz ..."

„Dein Herz?", wiederholte Fortis und legte eine Hand an Yinwarins Wange, dort, wo die Narbe des Dolchs noch blass zu sehen war und strich mit seinem Daumen darüber. „Was sagt dir dein Herz, Yinwarin?"

Der Elf schloss kurz die Augen und atmete tief ein, versuchte seine aufgewühlten Gedanken zu ordnen. „Es sagt mir, dass du mehr bist als nur ein Feind. Dass du mich siehst, nicht als Krieger, sondern als der, der ich wirklich bin. Ich weiß, dass wir nicht zusammen sein sollten, nicht zusammen sein dürfen. Unsere Völker hassen sich, wir sollten uns hassen, aber ... ich kann es nicht. Ich will es nicht."

Fortis zog Yinwarin noch dichter an sich, ihre Gesichter waren jetzt nur noch Zentimeter voneinander entfernt. „Yinwarin, ich fühle genauso. Von dem Moment an, als ich dich zum ersten Mal sah, wusste ich, dass du etwas Besonderes bist. Es war, als ob ich endlich jemanden gefunden habe, der mich versteht, der mich sieht und so akzeptiert, wie ich bin."

Ihre Lippen trafen sich in einem zarten, fast scheuen Kuss. Es war ein Moment der puren Magie, ein Verstoß gegen alle Regeln ihrer Welten, aber gleichzeitig richtig und wahr.

*Zitat aus „Verbotene Liebe – Im Antlitz des Feindes"*
*von Luzi Morgenstern (Wreaders Verlag, 2026)*

„Alyssa?“

Beinahe hätte Rose sie in der strahlend weißen Rüstung der königlichen Garde nicht erkannt. Beide Frauen bleiben wie angewurzelt stehen.

Menschen zwängen sich an ihnen vorbei, tiefer hinein in die Festung, die Familien schwer bepackt und die Ritter schwer bewaffnet.

Ihre Brustpanzer prallen klangvoll aufeinander als Alyssa Rose in eine kurze, feste Umarmung zieht.

„Es tut gut dich zu sehen.“

Alyssa gibt einem der Ritter einen Wink und nimmt Rose beiseite. Sie sieht älter aus (natürlich, nach fast zehn Jahren). Ihr Haar ist zu engen Zöpfen geflochten. Ihre Schultern sind noch breiter geworden und ihre Bewegungen haben die Geschmeidigkeit jahrelanger Übung.

„Wie steht es um die Festung?“ Tausend Fragen, aber nur diese schafft es über Roses Lippen.

„Meine Leute sind unerfahren, aber gut ausgebildet, und die Verstärkung aus dem Süden soll jeden Moment eintreffen. Noch zwei, drei Tage, und wir sind für jeden Angriff gewappnet.“

Sie spricht ruhig wie eine Anführerin, doch Rose hört den Zweifel in ihrer Stimme.

„Gehörst du zur Verstärkung?“

Rose schüttelt den Kopf. „Nein, ich habe eben den Befehl zum Aufbruch bekommen.“

Rose will noch mehr erklären. Dass ihre Mission den Krieg beenden könnte, dass sie dennoch an Alyssas Seite kämpfen will. Doch das dröhnende Horn macht alle weiteren Worte überflüssig.

„Drachen!“, brüllen die Wachen von der Burgmauer. Augenblicklich verwandelt sich die nervöse Anspannung der Menschen in Panik.

Einen Herzschlag lang zögert Alyssa noch. Dann presst sie einen schnellen, heißen Kuss auf Roses Lippen, bedeutet ihr „Geh!", dreht sich um und verschwindet im Getümmel.

*„Das Versiegen" von Julie Mills*
*(bisher unveröffentlicht)*

Sein Kopf ist so nah, dass ich mich nur ein kleines Stückchen vorlehnen müsste, um seine Lippen zu erhaschen.

„Mo", flüstert er.

„Eliah", wispere ich zurück, sein Name verhaucht in der Stille der Nacht.

Auf einmal ist es, als wären all meine Sinne geschärft. Sein Atem, der mein Gesicht streift, das Sirren einer nahen Stromleitung, der erdige Geruch in der Luft. Seine geschlossenen Augen. Meine Hand wandert in seinen Nacken, ertastet die abrasierten Haare, stachelig unter meinen Fingerspitzen.

Die erste Berührung ist gleich einem Flüstern. Hauchzart liegen seine Lippen auf meinen, ziehen sich wieder zurück. Ein vorsichtiges Kosten. Trotzdem spüre ich das Kribbeln bis in meine Zehenspitzen. Als ich die Augen einen klitzekleinen Spalt öffne, begegne ich Eliahs suchendem Blick im nur halbseitig angeleuchteten Gesicht. Meine Hand fährt in seine Haare, zieht ihn wieder zu mir. Diesmal prallen unsere Münder aufeinander und ich atme scharf ein, als sich seine Lippen einen Spalt öffnen. Eliah krallt sich in meine Jacke und seufzt in den Kuss. Ich schlucke das Geräusch, fühle es in meinem Magen explodieren. Mit dem Daumen streiche ich über seine Wange und als der Kuss inniger wird, strömt leuchtende Flüssigkeit durch meinen Körper. Er schmeckt so gut, nach Minze, Zucker und ihm. Ich lecke vorsichtig über seine Unterlippe und als sich unsere Zungen berühren, zieht es süß und prickelnd in meinem Unterleib. Ein Teil von mir kann nicht glauben, dass das hier wirklich passiert, aber ich bringe ihn mit einem weiteren Kuss zum Schweigen.

*„I Wish You Would" von Maeve Maddin*
*(bisher unveröffentlicht)*

„Denkst du, dass es umsonst war?"

Inaya musterte das Brachland, in das Tausende Menschen mit Hunderten verschiedenen Absichten Namen hineingerufen hatten, in der Hoffnung, dass jemand sie hören würde. Ihre eigenen Kriege waren es gewesen, die die Hoffnungsschreie übertönt hatten. „Mein Vater sagte immer, etwas ist nur umsonst, wenn man es allein für sich getan hat."

„Dann muss er stolz auf dich sein", antwortete Aisha. Inaya konnte ihre Augen nicht von ihr lassen, wenn sie auf diese durchdachte, besonnene Weise sprach.

Denn sie hatten einander gegeben, als ihnen genommen wurde.

Sie waren einander geblieben, als alle anderen gehen mussten.

Sie hatten einander wieder auf den Pfad des Friedens gebracht, als ihre Fehler nicht mehr rückgängig zu machen waren.

Vor ihnen erstreckte sich die Welt, aber Inayas bestand nur aus langen, taubenblauen Haaren und Aishas nur aus goldbesprenkelten Augen. Hier hatte man längst vergessen, wie Sonne und Mond aussahen. Aber wenn sie zurückkehrten, würden sie an den jeweils anderen erinnern.

„Oh, sie kommen", sagte Inaya, als die Körner auf dem staubtrockenen Boden vor Vibration zu hüpfen begannen.

„Letzte Worte?", fragte Aisha süffisant, weil die Zukunft ungewiss war. Ihre geteilte Vergangenheit jedoch, die Freuden und das Leid, hatten sie mit Meißeln in den riesenhaften Pyramidenwänden hinter sich verewigt, sie war unumstößlich, und das war alles, was zählte.

„Ich schreibe sie dir auf die Haut", sagte ihr Gegenstück, beugte sich zu ihren Lippen vor und zum ersten Mal in diesem Land wurde ein Name gerufen – und es erschallte ein Ruf zurück.

*„Letzte Worte" von Ash Laurea*
*(bisher unveröffentlicht)*

Jenseits des Bretterverschlags zupfte der Sturm die Schneedecken von den Bäumen. Gillians dunkler Schopf war zu nahe, um zufällig dorthin gelangt zu sein. Ihre Locken kitzelten Marlowes Stirn und hüllten sie in den harzigen Duft des winterkalten Nadelwaldes. „Jetzt gibt es nur noch uns beide", wisperte Gillian. Der Atem ihrer ältesten Feindin strich verheißungsvoll über Marlowes Lippen. „Aber mach dir keine Sorgen. Ich habe dir geschworen, dass dir nichts passieren wird. Niemals wieder."

Marlowes Herz sang einen hellen Ton, doch die Magie in ihr war zu träge, um dem Ruf zu folgen. Kaminwarme Lippen berührten sie dort, wo Wange und Nasenansatz ineinander übergingen. Das war unerschlossenes Land – ein Ort ohne Namen. Aber Gillian schien endlich bereit ihn zu erkunden … ebenso wie Marlowe, die sich auf die Zehenspitzen hob, um einem Drängen nachzugeben, das mindestens so alt war wie ihre Feindschaft.

— 99 —

*Zitat aus „Projekt Kammerwelt" von Marie Meier*
*(bisher unveröffentlicht)*

Unsere Blicke trafen sich, und für einen Moment war alles um uns herum vergessen. Es gab nur uns. Zwei verlorene Seelen, die Trost und Hoffnung in der Nähe des anderen fanden. Ohne nachzudenken, lehnte ich mich vor, spürte die Wärme seiner Haut, die Sanftheit seiner Lippen, als unsere Münder sich trafen. Der Kuss war zart. Eine sanfte Berührung, die mehr sagte als tausend Worte. Es war ein Versprechen, eine Hoffnung, dass wir zusammen die Dunkelheit überwinden könnten. Als wir uns lösten, blieb das Gefühl der Nähe und Zuneigung zwischen uns.

— 99 ———

*Zitat aus „Loki – belüg mich" von L. Hawke*
*(Bookrix, 2025)*

Wie sie es unfallfrei aus dem Auto geschafft hatten, wusste Ren nicht genau, doch er erkannte den Fahrstuhl, mit dem sie hinauf ins Penthouse fuhren. Als sich die Türen hinter ihnen geschlossen hatte und sie endlich im Flur standen, taumelte Ren beim Ausziehen seiner Schuhe. Sein alkoholisiertes Hirn schien vergessen zu haben, dass der Eingangsbereich eine Stufe hatte, über die er stolperte und sich einmal im Flur lang legte. Seth hockte sich neben ihn und half Ren aus dem Rucksack, den er noch halb auf dem Rücken trug. Der Vampir half ihm schließlich wieder auf die Beine und hielt ihn fest, da Ren nur mit seiner Hilfe einigermaßen gerade stehen konnte. Als er seinen Blick fokussierte begegnete er dem von Seth, schlang die Arme um ihn und keine Sekunde später stießen ihre Lippen aufeinander. Ren spürte, wie Seth nach kurzem Zögern den Kuss erwiderte, ihn gegen die Wand im Flur drückte und somit aufrecht hielt. Sanft strich eine von Seths Händen über Rens Wange und er öffnete seinen Mund, um den anderen einzuladen. Ihre Zungen begannen erst zögerlich umeinander zu tanzen, bevor es immer intensiver wurde. Ren ließ sich ganz darauf ein und genoss das Gefühl endlich wieder geküsst zu werden.

*„Projekt Soulmate" von Sakura Takashima*
*(bisher unveröffentlicht)*

„Bist du ein Traum?", fragte Maeve. Ob auch sie seltsame Dinge sah?

„Ich glaube nicht."

„Warum schmecken deine Tränen dann wie Träume?"

„Vielleicht, weil ich so viele davon in mir trage", antwortete Lieke wie in Trance.

„So muss es wohl sein."

„Wonach schmecken Träume?"

„Nach Abendlicht und Wimpernschlägen", flüsterte Maeve auf eine so betörende Art, dass Lieke weiche Knie bekam und dankbar für ihren Sitzplatz war.

„Das ergibt keinen Sinn."

Maeve lachte zart, ehe sie sich weiter vorneigte, um die übrigen Tränen von Liekes Wangen zu küssen. Die sog überrascht die Luft ein, ließ es aber gerne zu. Auch als Maeves Hände ihre Schenkel berührten, protestierte Lieke nicht. Sie genoss die körperliche Nähe zu Maeve, die sie doch eigentlich gerade erst kennengelernt hatte.

*Zitat aus „Siebensteinthal" von Sameena Jehanzeb*
*(S. 123, Nova MD, 2024)*

Ihre Lippen teilen sich, als wollte sie etwas sagen, aber die Worte bleiben unausgesprochen.

Und dann bewegt sie sich. Ein leises Zögern in ihrer Haltung, als wäre sie sich selbst nicht sicher. Doch sie weicht nicht zurück, auch nicht, als meine Hand an ihrem Handgelenk nach oben wandert, ihren Unterarm entlang, bis meine Finger an ihrem Ellenbogen liegen.

Nur eine winzige Bewegung von mir – oder von ihr – und der Abstand zwischen uns schwindet.

Ihr Atem streift meine Haut.

Dann treffen sich unsere Lippen.

Sanft, zögernd, fast vorsichtig.

Ein Salzgeschmack, ein Hauch von Wind in ihrem Haar, die Wärme ihrer Haut gegen meine.

Es ist nicht geplant. Nicht vernünftig. Aber es ist echt.

Und für einen Moment gibt es nichts anderes. Nur uns. Isla und Mich.

Der Kuss ist sanft, fast vorsichtig – als würden wir beide prüfen, ob es wirklich passiert.

Doch in dem Moment, in dem sich unsere Lippen berühren, ist es, als würde sich etwas lösen, als würde etwas nachgeben, das lange unter Spannung stand.

Isla atmet leise gegen meinen Mund, und ich spüre, wie ihre Fingerspitzen sich in das dünne Material meines Pullovers graben. Es ist kaum mehr als eine Berührung, aber sie brennt sich unter meine Haut.

Ich weiß nicht, wer sich zuerst bewegt, aber der Kuss vertieft sich. Ihr Körper lehnt sich leicht gegen meinen, unsere Wärme vermischt sich mit der kühlen Nachtluft. Ich fühle, wie ihre Unsicherheit für einen Moment weicht, wie sie sich mir entgegenneigt, als hätte sie aufgehört, darüber nachzudenken.

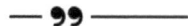

*Zitat aus „Du kanntest mich, bevor ich von dir wusste, auswendig"*
*von Sophie May (bisher unveröffentlicht)*

„Jórdis?" Aurélie klopfte sanft an die Tür. „Darf ich reinkommen?"

„Klar." Jórdis blieb einfach liegen und schloss die Augen. Sie hörte, wie Aurélie reinkam, die Tür wieder schloss und sich neben sie auf die Kante des Betts setzte.

„Alles gut?", fragte sie leise und strich Jórdis ein paar Strähnen aus der Stirn.

„Sollte ich das nicht eher *dich* fragen?" Jórdis lächelte unwillkürlich. Typisch Aurélie – sie *übersah* einfach, dass auch sie manchmal jemanden zum Reden brauchte.

„Besser nicht." Aurélie seufzte tief. „Ist schon in Ordnung. Und bei dir?"

Jórdis öffnete die Augen und setzte sich auf. „Ich hab's noch nicht alles verarbeitet."

Sie tauschten ein erschöpftes Lächeln aus.

„Darf ich dich küssen?", fragte Aurélie leise. „Weil wir überlebt haben?"

„Liebend gerne." Jórdis streckte eine Hand aus und legte sie in Aurélies Nacken. „Ist das in Ordnung?"

„Natürlich." Aurélie überspielte ihr Zusammenzucken mit einem Lächeln und Jórdis war für einen Moment versucht, die Hand wieder wegzuziehen, aber andererseits war *„natürlich"* eine ziemlich klare Ansage.

Stattdessen beugte sie sich also vor und küsste die Piratenbraut.

Aurélies Herz schwappte über wie ein voller Trinkbecher auf dem Achterdeck bei Seegang, als sich ihre Lippen trafen. Zugleich zog derselbe vertraute Schmerz durch ihren Körper, den sie so oft loszuwerden versucht hatte und der immer wiederkehrte.

Jórdis zog sie zu sich aufs Bett, sodass Aurélie auf ihrem Brustkorb lag und Jórdis' Herzschlag hören konnte.

„Können wir für einen Moment so liegenbleiben?", fragte Jórdis leise.

„Gerne", erwiderte Aurélie. Heute war einer dieser Tage, an denen die Schmerzen so allgegenwärtig waren, dass sie sie recht einfach ausblenden konnte. Sie passte ihren Atemrhythmus an den von Jórdis an und ließ ihre Hände auf Jórdis' Schultern wandern, wo sie mit einer sanften Massage begann. Jórdis strich ihr sanft durch die Haare. „Kann es nicht immer so sein?"

— 99 ———

*Zitat aus „Und das Meer ist unsere Welt" von Janina Nilges & Sina Gottwald (Veröffentlichung Ende 2025 bzw. Anfang 2026)*

„Weißt du … Im Archiv." Richard verstummt, um die Bilder zurückzudrängen. „Alles, was ich wollte, war, zu leben. Zu entkommen. Zurück zu dir zu kommen." Sein unsichtbarer Blick ist flehend.

Er spürt Atem auf seinem kalten Gesicht. Dann pressen Michas Lippen auf seine. Richard schmeckt salzige Trauer.

Es tut mir leid, dass du meinetwegen leiden musst.

Micha seufzt leise auf. Es klingt resigniert. Seinen Arm hat er noch immer um Richard geschlungen. „Diesmal wirst du nicht allein gehen."

Kälte zieht auf. „Du wirst auf gar keinen Fall mitkommen."

„Warum nicht?" Michas Tonfall klingt belustigt in seiner Verzweiflung.

Richard lächelt widerwillig. „Wenn ich jetzt sagen würde, dass ich dann zu viel Angst um dich hätte, käme das sicher nicht so gut an, richtig?"

„Richtig. Verdammt … Ich wäre fast gestorben vor Angst, als du im Archiv warst. So etwas möchte ich nie wieder erleben." Michas Hand legt sich warm auf seine Wange. „Du musst das nicht tun. Bitte. Wir können uns in einen Zug setzen. Diese Stadt hinter uns lassen. Alles, was dir zugestoßen ist. Bitte."

Statt einer Antwort küsst Richard ihn. Die restliche Nacht sitzen sie beieinander und betrachten die wenigen Sterne, die hell genug leuchten, um dem grellen Licht der Stadt etwas entgegenzusetzen.

*Zitat aus „Fremde Scherben" von Marie C. Becker*
*(Tredition, 2023)*

„Fängst du jetzt an zu weinen?", flüstere ich.

Yukio schnieft leise und schüttelt seinen Kopf.

„T-tu ich nicht."

Seine Stimme zittert verräterisch und überführt ihn der Lüge. Ich muss leise lachen und nähere mich seinem Gesicht weiter. Kein Blatt passt noch zwischen unseren Gesichtern durch. Sogar der Schein des Mondes schafft es nicht, durch sie hin durchzuscheinen, als ich meine Lippen auf die seine lege. Funken sprühen, Wärme steigt auf und seine Hände finden ihren Weg an meinen Nacken. Ich erschauere und lege meine Arme um seine Hüfte. Ich ziehe ihn näher an mich heran und halte ihn bei mir. Seine Lippen sind genauso weich wie meine Vorstellungen von Wolken. Ich erschaudere, als seine Finger über meine Nacken-haare streichen. Es lässt mich überrascht in den Kuss keuchen, was ihn grinsen lässt.

*So ist das also?*

— 99 ———

*Zitat aus „Die Symphonie unserer Herzen" von Joana Hardt*
*(bisher unveröffentlicht)*

„Weißt du, dass du schön bist?", flüsterte Flo und streichelte über Jonas Haare. Er legte seinen Daumen auf Jonas Schläfe und betrachtete ihn, ohne zu blinzeln. „Ach was ..." Jona kicherte nervös. Plötzlich wusste er, was zu tun war. Was der nächste logische Schritt war. Er bewegte seinen Kopf nach vorne und legte seine Lippen sanft auf die von Flo. Zaghaft küsste er Flo und behielt seine Lippen einen Moment auf Flos, bevor er sich wieder entfernte. Sein Herz klopfte ihm bis zum Hals, und seine Hände waren vor lauter Aufregung ganz feucht. Er lächelte, weil es sich so verdammt gut anfühlte, Flo zu küssen. Er hätte es am liebsten sofort wiederholt, aber Flos freudiges und verliebtes Lächeln war viel zu süß, um es durch einen Kuss zu zerstören.

„Wofür war das denn?", fragte Flo, und seiner Stimme war pure Faszination zu entnehmen.

„Nur so. Weil der Nachmittag so toll ist", antwortete Jona.

„Und das war alles?", hakte Flo nach und legte beide Hände auf Jonas Gesicht. „Sag mir nicht, dass das alles war. Ich will mehr davon. Viel mehr."

Jona lachte. „Ich auch", sagte er und ließ sich von Flo küssen.

Als Flo seine Zunge nach vorne schob, um seine Lippen abzutasten, explodierte in seinem Inneren ein wahres Feuerwerk von Empfindsamkeiten. Er schloss die Augen und vergaß alles um sich herum. Nur noch Flo und er zählten.

Und ihre Küsse.

*Zitat aus „Schrankgeflüster" von Sonja Bethke-Jehle*
*(Books on Demand, 2021)*

„Ich liebe dich", flüsterte sie und streichelte ihrer Freundin vorsichtig übers Gesicht. Lisas Augen glänzten. Wie sehr hatte sie sich danach gesehnt. Diese zarte Berührung erzeugte ein Kribbeln in ihrem ganzen Körper. Carmen stützte sich auf und beugte sich langsam über Lisa. Sanft küsste sie ihre Stirn. Eine Träne lief über Lisas Wange. Carmen streichelte sie mit ihren Fingern fort. Dann küsste sie Lisa auf die Nasenspitze, strich über ihre Augenbrauen, ihre Stirn, ihre Wangen. Immer wieder blickte sie Lisa dabei in die Augen, forschend und liebevoll zugleich.

„Ich habe Angst", sagte Lisa leise.

„Ich weiß. Sag mir einfach, was du möchtest."

Lisa schluckte. Ihre Kehle war wie zugeschnürt. Doch zugleich loderte eine große Sehnsucht in ihrer Brust. Sie spürte ein Verlangen, das quälend, wundervoll und beängstigend zugleich war. Hin- und hergerissen zwischen Panik und Lust setzten ihre Gedanken langsam aus. Flehend sah sie zu Carmen auf. Einen Moment zögerte sie noch. Ihr Körper zitterte leicht. „Bitte, küss mich."

Carmen beugte sich herab. Ihre Augen glitten bedächtig über Lisas Gesicht. So viel Wärme lag im Blick ihrer Freundin, dass Lisa wohlig erschauderte. Carmens Lippen näherten sich Lisas Mund. Dann geschah es. Die erste Berührung. Sie durchfuhr Lisa wie ein Blitz, der sich entlud und ihren Körper mit tausend kleinen, elektrischen Funken erfüllte.

*Zitat aus „Und täglich grüßt die Erinnerung" von Sabine Brandl*
*(Main Verlag, 2024)*

Rena setzte vorsichtig den Fuß auf, stemmte sich nach oben. Geschafft. Die letzte Stufe. Endlich oben. Sie wandte sich um, streckte die Hand aus. „Vorsicht, rutschig."

Anna ergriff dankbar und müde ihre Hand und Rena zog sie zu sich hoch. Gemeinsam blieben sie stehen, aneinander gelehnt. Annas schwerer Atem. Der Wind, der ihnen um die Ohren pfiff. Das Prasseln des Regens auf Renas Kapuze.

Vor ihnen die Reste des Walls, eines 132 km langen antiken Ungetüms, das sich von Küste zu Küste durch die Landschaft wand. Dahinter weite, leere grüne Landschaft, über die der Wind den Regen trieb. Weit weg ein kleiner steinerner Hof am Horizont, drumherum zahllose helle Punkte.

„Schafe", bemerkte Anna.

Rena nickte und lachte, als ein Windstoß ihr Annas Mähne ins Gesicht blies.

„Sorry", nuschelte Anna und richtete ihre Kapuze. „Ein bisschen komm ich mir vor wie der Wanderer von Caspar David Friedrich …"

Rena nickte. „Danke, dass du mitgekommen bist …" Wandern war nicht Annas Ding. Und 130 km quer durch die endlose und regnerische Einöde Britanniens?

Anna grinste schief. „Danke, dass du mich mitgeschleppt hast."

Sie beugte sich vor, schnell, flüchtig, regennass, ein Kuss. Am Hadrianswall.

Renas Herz machte einen Hüpfer. Wie viele Küsse es hier seit seiner Erbauung wohl gegeben hatte?

Sie legte den Arm um Anna, zog sie heran und fügte einen zweiten hinzu, der sie das englische Wetter direkt vergessen ließ.

*„Hadrianswall" von Florian Waldner*
*(bisher unveröffentlicht)*

Aki rieb sich über den Nacken. „Das ist das erste Mal, dass du mich darum bittest, ist dir das klar?"

„Ja, ich war mir nie sicher, ob du Körperkontakt möchtest. Nach allem, was passiert ist ..." Eine gewisse Unsicherheit blitzte in Yukis Augen auf.

„Ich werde das nie vergessen, das stimmt. Diese furchtbaren Momente kann ich nicht ungeschehen machen. Ich kann nicht abschütteln, was das mit mir gemacht hat." Aki erhob sich vom Küchenstuhl und zog seinen Freund mit sich hoch. „Aber ich möchte nicht, dass die Vergangenheit auf ewig mein Leben bestimmt. Ich möchte neue, schöne Erinnerungen sammeln. Mit dir. Also komm schon her!" Er breitete die Arme aus.

Yuki warf sich nicht in die Umarmung. Das hätte nicht zu ihm gepasst. Stattdessen trat er langsam einen Schritt nach dem anderen auf ihn zu und legte die Arme um seine Schultern.

Aki verschränkte die Hände hinter Yukis Rücken und presste sein Gesicht an dessen Hals. Er roch nach Zimt und Vanille, dank der Plätzchen, die er am Vormittag gebacken hatte. Auch der erdige Geruch nach Natur und Büchern schlich sich langsam in seine Nase.

Die Umarmung fühlte sich für Aki an wie ein warmer Kokon. Ein Kokon, der ihrer beider Seelen in die weiche Seide gemeinsamer Momente hüllte. Die Kälte des Winterabends verschwand und zurück blieb nur ihre tiefe Verbundenheit und Liebe.

„Frohe Weihnachten", flüsterte Yuki und küsste ihn sanft an die Stelle im Nacken, an der Aki die Haare zu einem Zopf gebunden hatte.

*Zitat aus „Das Geheimnis des Antiquitätenhändlers" von Rosie Lu*
*(veröffentlicht auf fanfiktion.de)*

Er kommt mir näher, und bei den Sternen, so nah ist mir noch keiner gekommen. Nicht, ohne dass es unangenehm war. Vorsichtig zupft er mir Laub aus den Haaren und als ich das leichte Zittern seiner Hände bemerke muss ich einfach lächeln. Ich sehe zu ihm hoch. Irgendwas an der Art, wie er zu mir runterschaut, gefällt mir, löst ein Kribbeln aus, das ich so nicht kenne. Als ich merke, wie ich rot werde, sehe ich schnell wieder weg, doch das Gefühl bleibt. Fuuuck. Soviel dazu.

Ich sehe auf, als er vorsichtig seine Hand an meine Wange legt. Mein Blick trifft seinen, fällt zu seinen Lippen. Fängt seinen wieder ein. In Felix' Augen steht eine Frage, die ich nicht sofort lesen kann, doch auch, wenn nur das Fragezeichen ankommt, nicke ich. Er zögert nicht länger und als er mich endlich küsst, schließe ich die Augen und denke nicht mehr. Plötzlich sind da nur noch seine Lippen an meinen, seine Hand, die in meinen Nacken wandert, der Geruch seines Apfelshampoos in meiner Nase. Der einzige Gedanke in meinem Kopf ist ganz einfach sein Name on repeat.

Felix.

Felix.

Felix.

Fee.

Ich muss nicht darüber nachdenken, ob es ihm ähnlich geht. Ich spüre es, an der Art, wie er mich hält. Fühle sein Lächeln an meinen Lippen. Und als ich meine Augen wieder öffne, sehe ich es, sehe ich meinen Namen, höre ihn, ohne, dass er spricht.

Luca.

*Zitat aus „Boys in Bars" von Sam Elias*
*(bisher unveröffentlicht)*

Das Festival war in vollem Gange, als Jonas und ich ankamen. Buden reihten sich aneinander, der Duft von Grillfleisch lag in der Luft. An einem Tisch saßen Kinder, die aus Wachsplatten Kerzen drehten, an einem anderen Stand wurden Probierhäppchen angeboten. Den Marktplatz erfüllte der Gesang eines Chors. Jonas und ich schlenderten herum. Obwohl wir uns erst kennenlernten, war es beängstigend einfach, sich mit ihm zu unterhalten. Die Zeit verging wie im Flug, das Gespräch floss nur so dahin. Als wir jeweils ein Radler und eine Grillsemmel kauften, lud ich ihn ein. „Danke". Er lächelte. Lächelte dieses verdammte Lächeln, das Regungen in mir weckte, die es seit Marcel nicht mehr gegeben hatte.

Da alle Bänke besetzt waren, setzte ich mich auf die Wiese. Jonas nahm neben mir Platz. Er saß nah, näher, als es sonst üblich war. Wir berührten uns fast. Und das war es, was ich mir in diesem Moment wünschte. Dass er noch näher kam.

Als hätte Jonas meine Gedanken gelesen, stellte er das Essen zur Seite. Erneut traf sein Blick den meinen. Fragend, erwartungsvoll. Fast schon bittend. Er rückte näher. Sein Oberschenkel streifte den meinen. Ich ergriff seine Hand, fuhr mit dem Daumen über seinen Handrücken. Er ließ es geschehen, beugte sich über mich und legte seine Lippen auf meine. Sie waren etwas rau, warm, schmeckten nach Radler. Ich erwiderte den Kuss, presste meine Lippen gegen seine. Zuerst vorsichtig, dann fordernder. Jonas zog mich zu sich, und ich ließ mich in seine Umarmung fallen.

*„Die Gefräßigen" von Miriam Rieger*
*(bisher unveröffentlicht)*

Er begegnete Bens leuchtendem Blick, das Eisblau so viel intensiver im Gold der Mitternachtssonne. Sein ordentliches Haar war wunderbar zerzaust, eine störrische Strähne hing ihm in die Stirn, und er war vom Tanzen außer Atem. Yorick spürte Bens wild pochendes Herz an seiner Brust, so nahe waren sie sich.

Die Musik um sie herum erklang immer noch. Vermutlich war es bereits das nächste Lied. Oder das übernächste? Um sie herum wirbelten bunte Schemen. In diesem Augenblick hätte ihn nichts weniger interessieren können als die anderen Tanzpaare. Wie auf Autopilot ließ Yorick seine Hand in Bens Nacken gleiten, strich für einen Augenblick mit seinem Daumen über die kurzen Haare dort, und zog Ben an sich als wären sie zwei Magnethälften, die sich gegenseitig anzogen. Hier, mitten auf der Tanzfläche am Sankt Hans Abend, küsste Yorick Ben.

Er holte tief Luft durch die Nase, atmete Bens Geruch ein, um so viel intensiver nach der kleinen Tanzeinlage. Als sie sich voneinander lösten, flatterten Bens Augenlider, Yoricks Herz tat es ihnen gleich. Er lächelte benommen, als sich ihre Blicke begegneten. Bens Brust hob und senkte sich abermals in tiefen Atemzügen, doch dieses Mal war der Grund für seine Atemlosigkeit ein ganz anderer, einer, den Yorick nur zu gut nachvollziehen konnte.

„Lass uns nach hause gehen", sagte Yorick mit so viel selbstsicherer Überzeugung als wisse er instinktiv, dass der Abend nur auf eine ganz bestimmte Weise würde enden können.

Ben verstärkte seinen Halt um Yorick und lächelte noch viel breiter. Sein Gesicht strahlte, es schien sogar den Schein der Mitternachtssonne zu übertrumpfen. „Ja."

*„Herz ohne Hafen" von C. M. Graf*
*(bisher unveröffentlicht)*

"Lady Gagas *Poker Face* dröhnt durch den Club und bebt in meinem Magen.

Ich habe kein *Poker Face*, aber ich brauche auch keins.

Ich brauche nur sie.

Beide sind heute hier, bei mir. Und ich möchte bei niemand anderem sein.

Ich streiche mir die Haare hinter die Ohren, beuge mich nach vorn und küsse sie.

Ihre Lippen sind weich und der limettig-minzige Geschmack ihres Mojitos erblüht in meinem Mund.

Unsere Zungen spielen miteinander.

Wild. Atemlos. Intensiv.

Dann drehe ich mich zu ihm um, lege meine Hände an seine Wangen und küsse ihn.

Seine Lippen sind rau und schmecken nach Alkohol.

Er keucht, ich stöhne und da ist so viel Lust und Liebe.

So. Viel. Liebe.

Mir wird heiß. Mein Herz rast als wollte es aus meiner Brust springen und über die Klippe stürzen.

Jetzt lehnt sie sich ebenfalls zu uns und wir küssen uns abwechselnd, und gleichzeitig. Eine Fusion aus Mündern, Händen und Haut. Unser Atem vermischt sich und irgendwann weiß ich nicht mehr, wo ich aufhöre und sie anfangen.

Wir sind eins.

Egal, welche Strapazen hinter uns liegen, egal, welche Steine vor uns und egal, was morgen passiert, das hier, heute, kann uns niemand nehmen. Niemand kaputt machen. Wir sind kaputt, aber wir heilen uns gegenseitig.

Ein kleines bisschen.

Es fühlt sich unglaublich berauschend an und ich liebe es und wir. Sind. Frei.

*Zitat aus „Wir. Sind. Frei." von Kristina Schreiber*

*(bisher unveröffentlicht)*

„Du hast recht, Vince. Ich könnte nie nachvollziehen, wie es ist, sich in jemanden zu verlieben, der mich nie zurückblieben könnte. Aber dafür weiß ich gerade ziemlich genau, wie es ist, sich in jemanden zu vergucken, von dem man nicht dachte, dass es je passieren würde."

Einen Jungen – fuck, ich habe mich in einen Kerl verliebt. In dich, Vince. Und dein Geschlecht könnte mir egaler nicht sein. Liebe kennt solche nichtigen Grenzen nicht. Alles, was ich jetzt noch will, ist nicht noch einmal zu bereuen, dass ich bei der letzten Nachhilfestunde nicht schnell genug gehandelt habe. Denn ich wollte dich küssen, Vince. So sehr, wie ich dich jetzt küssen will. Und es endlich tue. Jetzt kann mich nämlich niemand mehr aufhalten. Nicht einmal ich selbst.

*Zitat aus „Chronically Hating Jocks (& How to Fall in Love With Them)"*
*von Libra Nash (bisher unveröffentlicht)*

„Wie wäre es eigentlich mit Musik?", fragte Milia. „Ich meine, wenn du schon einen so tollen Plattenspieler hast?"

Fee lächelte, stand auf und fuhr mit den Fingern über die Vinylhüllen. Nach längerem Überlegen zog sie eine modernere Platte hervor, eine alternative Rockgruppe, deren Musik nach Sommer klang, nach warmen Sommernächten und einer salzigen Meeresbrise. Sie legte sie auf und ließ sie eine Weile laufen, dann fragte sie Milia: „Ist das etwas für dich?"

„Ja, klingt schön."

Fee kam wieder zum Bett und ließ sich neben Milia fallen, die etwas näher an die Wand rückte. Ihre Oberschenkel berührten sich und auch ihre Arme oben an der Schulter ... Fee hielt den Atem an, als sich auch ihre Hände näherten, sich vortasteten, sich ihre Finger ineinander verknoteten, lösten und Milia sanft über ihren Handrücken strich und damit ein Kribbeln in Fees gesamten Körper auslöste. Wie lange sie so verweilten? Fee wusste es nicht. Nach einer Weile hielt Milia inne und Fees Finger wanderten hoch über Milias warmen Arm, und je höher sie kam, desto größer wurde der Drang in ihr, mehr von ihr zu berühren. Und auch Milia streckte die Hand nach ihr aus, ihre Augen ruhten auf ihr. Fees fuhr über ihre Wangenknochen, runter zu ihrem zarten Mund. Fee beugte sich näher zu ihr, angezogen von ihren Lippen und hielt inne: „Ich würde dich gerne jetzt küssen."

„Und ich dich auch", flüsterte sie und überwand den geringer werdenden Abstand.

*Zitat aus „Auf schwingenden Saiten" von Nadine Nakos*
*(bisher unveröffentlicht)*

In diesem Moment sehnte ich mich so sehr danach seine Lippen auf meinen zu spüren, seine Haut auf meiner ... es war einfach unglaublich. Und ich hatte keine Ahnung, ob es ihm genauso ging. Aber ich beherrschte mich, und als wir über die Wiesen zurück zum Cottage wanderten hatte sich mein inneres Gefühlschaos schon wieder einigermaßen beruhigt. Weshalb ich umso überraschter war, als Christopher auf einmal meine Hände packte, sie festhielt und mich an sich zog um mich zu küssen. Und da war es wieder. Dieses einmalige Gefühl, dass ich bisher nur bei ihm empfunden hatte.

Es kam mir vor, als würde ich in tausend Stücke zerreißen. Ich hatte das Gefühl, nur dann vollständig zu sein, wenn er bei mir war und einfach weitermachte, mich küsste, mich in seinen Armen hielt und mich komplett machte.

Kannst du sehen, was für ein hilfloses Etwas du aus mir machst? Jedes Mal, wenn du mir nahekommst? Und ich kann daran nichts ändern. Denn die Liebe, die dieses hilflose Etwas für dich empfindet ist so ehrlich, so einmalig und so echt, dass es grausam und schändlich wäre, sie zu unterbinden. Ich liebe dich. Ich liebe dich so sehr, dass es mich auflösen würde, wenn du nicht da wärst, um diese Liebe zu erwidern.

Und da standen wir also, mitten auf einem Feld im hintersten Winkel von Devon und küssten uns, als gäbe es nur uns und kein Morgen.

*Zitat aus „Love Lines" von Stefanie Biermann*
*(bisher unveröffentlicht)*

Die Nacht war still, bis auf das nahe Geräusch der einfahrenden Bahn. Laternen warfen ihr flackerndes Licht auf den vollen Bahnsteig, und auf uns. So nah. Mein Herz schlug im Takt der Sekunden, die sich zogen wie ein Lied, das nie enden sollte.

Jetzt standen wir hier, im Schimmer der Stadt, während in mir ein Sturm tobte.

Ich wollte ihn küssen. Ich sehnte mich danach. Doch konnte ich das hier? Vor all den Menschen, die mich eventuell angreifen könnten deswegen? Die Angst war wie ein Schatten in meinem Kopf, aber sein Blick illuminierte die Dunkelheit.

So hat mich schon lange niemand mehr angesehen.

„Ich hatte einen schönen Abend", sagte er leise.

Ich nickte. Ein Zittern in meinen Händen, als ich einen Schritt näher trat. Ein kurzer Blick über die Schulter.

Er bewegte sich zuerst nur ein kleines Stück, als wollte er mir Mut schenken. Und dann gab es nur noch ihn und seine Lippen auf meinen. Zart, gefühlsvoll und doch verlangend.

Sein Zug hielt an. Türen öffneten sich. Doch ich hörte nur ihn.

„Drittes Date bei mir?" Seine Stimme war voller Hoffnung.

Ich grinste. „Unbedingt."

*„Start of Forever" von Robyn Skye*
*(bisher unveröffentlicht)*

Spontan beugte Cassandra sich zu ihr herab. Kurz bevor sich ihre Lippen trafen, hielt sie inne und spürte den warmen Atmen der anderen Frau, sah, dass sie sich ihr ein wenig entgegenstreckte, als könne sie es kaum erwarten. Wie schmeckte sie? Fühlte es sich anders an, eine Frau statt einen Mann zu küssen? Cassandra kämpfte mit sich. Sollte sie …? Es musste doch echt wirken, wie ein richtiges Date und als sei sie heute wirklich nur mit dem Vorsatz in den Club gekommen, mit einer anderen Frau zu schlafen. Ihr Herz raste, schlug ihr bis zum Hals, als sie die letzten Zentimeter überwand und ihre Lippen mit jenen des Rubins verschmelzen ließ. Sie waren weicher, zarter und süßer als jeder Mann, den sie zuvor geküsst hatte.

Erschrocken über ihren eigenen Wagemut löste Cassandra den Kuss wieder und blickte auf die andere Frau hinab. Sie richtete sich etwas mehr auf, die vollen, roten Lippen ein klein wenig geöffnet. Eine stille Einladung. Wollte sie mehr? Spürte sie nicht ihre Unerfahrenheit? Dass es alles nur Show war, um an Recherchematerial zu kommen? Sie musste das Wort ergreifen, etwas fragen, Informationen sammeln. Cassandras Hand ruhte noch immer auf der Wange des Rubins. Ganz automatisch strich sie mit dem Daumen über ihre Haut. Warm, sie war so unglaublich warm und ganz weich. Bevor sie ihr Handeln planen konnte, beugte sich Cassandra noch einmal herab und küsste den Rubin erneut. Die zarten Lippen erwiderten den Kuss, öffneten sich noch etwas mehr, luden sie ein.

*Zitat aus „Desire Date" von Serena C. Evans*
*(Kindle Direct Publishing, 2020)*

Während die Gäste in ausgelassener Stimmung tobten, verharrte ich still und betrachtete, wie die Kerze auf dem Tisch zu Wachs zerfloss. Im Zwielicht dachte ich über Ashantis Wandlung nach von einer verlorenen Liebe zur Banshee.

Ein Blick auf sie zeigte: Ihre Lippen lächelten, doch ihre Augen sprachen von Schmerz.

„Was ist los, Viola?", fragte sie plötzlich.

„Dein Lied hat mich mitgenommen. Warum wurdest du eine Banshee? Was hat die Liebe dir angetan?"

Ashanti sah mich ruhig an. „Oh, meine Viola. Die Liebe tut Gutes. Sie ist mein Elixier. Sie hat nichts mit meiner Verwandlung zu tun. Wir entscheiden, was wir sein wollen – Schöpfer oder Opfer."

„Du betrachtest Liebe als Muse?"

„Gewiss. Sie durchströmt Poeten, Sänger und Künstler. Liebe webt den Faden der Kreativität. Ohne Liebe – keine Kunst."

Caliope, die unser Gespräch verfolgt hatte, nickte sanft. Ihre Haut war mit Tätowierungen geschmückt: Federn, Notenschlüssel, Worte.

„Ich stimme zu", sagte sie leise. „Als Muse der epischen Dichtkunst sehe ich: Die Liebe ist das kraftvollste Muster der Inspiration. Sie tanzt in jedem Klang, in jedem Wort."

Ashanti ergriff zärtlich Caliopes Hand. „Auch verlorene Liebe war Liebe. Es geht um Akzeptanz. Nach meiner Heilung fand mich die Liebe erneut."

Ihre Lippen neigten sich einander zu.

Ein Kuss.

Zart.

Von Liebe getragen.

— 99 —

*Zitat von „Café Bizarr" von Anita Delle Donne*
*(Story One, 2024)*

Nora kniet vor ihr nieder, zögert nach Folines Hand zu greifen. „Ich war nicht traurig", sagt sie. „Nicht ganz. Es waren auch Freudentränen."

Nora schaut Foline direkt in die Augen, beobachtet, wie Foline begreift.

„Oh", flüstert Foline.

„Ich – ich mag dich vom ganzen Herzen", sagt Nora und erlaubt den Worten zu entfliehen. „Ich weiß nicht, ob ich jemals so sehr für jemanden gefühlt habe, wie für dich. Und ich weiß jetzt, dass du vielleicht das gleiche über mich sagen würdest. Aber… Aber wenn unsere Herzen Tassen wären und wir beide unsere Tassen bis zum Rand füllten – mit Liebe oder Zuneigung, oder wie auch immer man es nennen will, dann wäre deine Tasse voll mit Kirschtee und meine mit Kamillentee? Wir würden einander alles geben, das wir könnten, aber es wäre nicht dasselbe, es wäre nicht der gleiche Tee! Und wenn jemand unsere Tassen vergleicht, dann wäre es einfach nicht gerecht."

Die Falten um Folines Augen sind zurückgekehrt. Für einen Moment fürchtet Nora, dass Foline über sie lachen wird, doch dann grinst sie einfach breit und nimmt Noras Hand in ihre.

„Nur du würdest Gefühle mit Tee vergleichen." Foline kichert, aber nicht gemein. Es ist ein warmes Lachen, in das Nora einsteigt. Foline führt ihre Hand an ihre Lippen, erlaubt noch einen flüchtigen Blickkontakt, bevor sie einen Kuss auf ihren Handrücken presst.

„Wer vergleicht uns denn?", murmelt Foline und schenkt ihr noch einen Kuss. „Hm? Wer vergleicht unsere Tees?"

Nora muss tief einatmen. Ja, wer, eigentlich?

*Zitat aus „Die Linde und der Regen" von Henriette C. Riegel*
*(veröffentlicht auf Tumblr)*

Es ist ein merkwürdiges Gefühl. In einem Moment scheine ich noch die Luft anzuhalten und im nächsten klopft mein Herz wie verrückt.

Und mein Kopf projiziert mir Bilder von unserem ersten Zusammentreffen in diesem Zimmer, an das ich nicht denken will, und doch hat sich sein Anblick wie in meine Netzhaut eingebrannt.

Und seine Frage überrumpelt mich, bringt mich zum schweren Schlucken und einen inneren Konflikt mit sich. „Nur, wenn du mich küssen willst. Niemals, weil du es musst."

„Ich habe noch nie jemanden geküsst", flüstert er leise und ich halte erneut den Atem an. Noch nie? Seine Worte brechen irgendwas in mir und noch bevor ich begreifen kann, was genau er da gerade gesagt hat, liegen seine Lippen auf meinen und ich schlinge instinktiv die Arme um seine Körpermitte, um ihn näher zu mir zu ziehen und besonders dort zu halten. Ich habe den Eindruck, dass er Halt und Nähe braucht und wenn ich ehrlich bin, dann brauche ich sie zusätzlich zu diesem atemberaubenden Kuss ebenfalls. Seine Lippen sind unfassbar weich und einladend, auf perfekte Art und Weise anschmiegsam und ich kann nicht glauben, dass er sie bisher allen anderen Männern vorenthalten hat. Vorenthalten konnte.

*Zitat aus „Save me from Life" von Kiera Sawyer*
*(Arbeitstitel, bisher unveröffentlicht)*

Unter meinen Fingern spürte ich seinen schnellen, aber gleichmäßigen Herzschlag, was mich noch nervöser machte.

„Sag mir, wenn ich aufhören soll", murmelte er tief und rau.

So nah an meinem Ohr, dass ich ihn beinahe mehr spürte, als hörte. Ich wollte etwas erwidern, doch meine Stimme versagte mir den Dienst, und so blieb ich stumm, sah nur in seine Augen, die mich beinahe verschlangen.

Und dann küsste er mich. Seine Lippen waren warm und fordernd, aber nicht überwältigend. Er nahm sich Zeit, als wolle er sicherstellen, dass ich jeden Moment dieses Kusses fühlte.

Meine Gedanken verschwammen. Alles, was übrig blieb, war das Gefühl seiner Lippen auf meinen, die Art, wie er mich gegen die Wand gedrückt hielt, als wollte er mich davor bewahren, unter dem Gewicht meiner eigenen Gefühle zusammenzubrechen.

Mein Atem stockte. Unwillkürlich krallten sich meine Finger in das Material seines Hemdes, und ein leises Geräusch, ein Mix aus Überraschung und Verlangen entwich meiner Kehle, bevor ich es zurückhalten konnte.

Helios zog sich ein Stück zurück, gerade so viel, dass ich Luft holen konnte, aber nicht genug, um die Nähe zu verlieren.

— 99 —

*Zitat aus „Perytar – Todesblut" von Anna Kleve*
*(Kindle Direct Publishing, 2025)*

Wie gerne würde ich einfach ihre Hand nehmen, sie an mich ziehen, sie umarmen, halten, küssen. Aber ich wusste, das würde Ariel überfordern. Sie bestimmte das Tempo. Nicht ich.

Das Kribbeln in meinem Inneren verstärkte sich, als sie ihre Finger mit den meinen verwob. Lächelnd umfasste ich ihre Hand und hob sie bis auf Kinnhöhe an. „Darf ich deine Hand küssen?"

Langsam und ohne mich anzusehen nickte Ariel.

Trotzdem zögerte ich noch. „Wenn du was nicht magst, dann sag es. Ich will nur das von dir, was du von dir aus geben magst und mit was du dich gut fühlst. Ein ‚Nein' wird nichts zwischen uns ändern. Wir sind Freunde. Kleiner Finger Schwur." Ich hielt ihr den kleinen Finger meiner anderen Hand hin.

Ariel sah auf und für einen Moment versank ich in ihren unfassbar grünen Augen. Dann schlug sie die Lider wieder nieder. Daran, dass Blickkontakt für sie oft schwierig war, hatte ich mich mittlerweile gewöhnt und wusste, dass es nicht unbedingt bedeutete, dass Ariel unsicher war. Ein Lächeln erhellte ihr Gesicht, brachte den ganzen Raum zum leuchten und verstärkte das aufgeregte Flattern in meiner Brust. Sie hakte ihren kleinen Finger in meinen ein.

Mein Herz machte einen Hüpfer, Wärme durchflutete meinen Körper und mein Kopf fühlte sich leicht an, als wäre er mit fluffigen Flauschewolken gefüllt. Unwillkürlich öffnete ich meine Lippen, neigte den Oberkörper in ihre Richtung. Abrupt hielt ich inne. Stop! Langsam. Reiß dich zusammen, Liah! Versau es jetzt nicht! Nicht bei Ariel.

Tief atmete ich durch. „Sorry. Ich wo–"

Ariels Lippen legten sich auf meine, würgten mich mitten im Wort ab. Weich, warm und feucht. Ein Feuerwerk explodierte in meinem Bauch, strahlte in jeden Winkel meines Körpers und ich erstarrte, die Augen weit aufgerissen.

*Zitat aus dem „Projekt LuA" vom Airee Jacour*
*(aus dem „Mortal Immortal Universe", bisher unveröffentlicht)*

Seine Fingerkuppen strichen über raue Bartstoppeln. Hier war die Theaterschminke hartnäckig und ließ sich kaum wegwischen. Raymonds linker Mundwinkel zuckte, aber er schwieg. Wie Joshi schien er gefangen in dem Moment. Seine Augen, ein grünes Glitzern unter dunklen Wimpern, waren wie hypnotisiert auf Joshis Mund gerichtet. Dieses verflixte Grübchen an seinem Kinn, auch hier klebte noch weiße Schminke. Joshi fuhr sich mit der Zungenspitze über seine plötzlich trockenen Lippen und presste seinen Daumen in das Grübchen. An Raymonds Hals pochte der Puls schnell und heftig, seine Lippen öffneten sich leicht. Joshi zögerte. Er könnte es einfach tun und hoffen, dass er die Signale richtig gedeutet hatte. Aber was, wenn nicht? Die Peinlichkeit wäre kaum zu ertragen, und dann sie beide, für weitere zwei Wochen auf diesem Schiff … Raymond nahm ihm die Entscheidung ab. Er legte seine Hände an Joshis Wangen und strich mit beiden Daumen über seine Unterlippe. Sein Blick war entschlossen, als er seine Lippen Joshis Mund näherte. Es geschah wirklich! Da war Raymond mit seiner Wärme und seiner Schönheit, er roch nach Salz und Meer und Terpentin und küsste Joshi auf den Mund. Oder vielmehr küsste Joshi ihn, kam ihm gierig entgegen mit Zunge und Zähnen und Lippen und schlang die Arme um seinen Leib, um ihn überall spüren zu können.

„Dieser Hintern, endlich bekomme ich ihn zu fassen", stöhnte Raymond, griff zu und küsste ihn weiter. Hinter Joshis geschlossenen Lidern explodierten Feuerwerke. Es gab nichts mehr auf der Welt, nur diesen Kuss und die tausend nächsten.

*Zitat aus „A Thousand Kisses Deep" von Anna Hellmich*
*(bisher unveröffentlicht)*

Die Sonne warf letzte, vereinzelte Strahlen.

In naher Ferne war das gleichmäßige Rauschen der Wellen zu hören, und der feine Sand hatte seine gespeicherte Wärme noch nicht komplett verloren.

Eine gefühlte Ewigkeit waren Gia und Nik nun schon in ihrer Umarmung versunken, bis sie den Mut fand und „Ich würde dich gerade sehr gerne küssen" in sein Ohr flüsterte. Ganz unwillkürlich musste Nik grinsen. Er begann, Gia's Nacken zu streicheln und langsam ihren Kopf zu sich zu drehen. Wie automatisch berührten sich dabei sanft ihre Lippen, und als ihre Zungen sich trafen, drückte Nik sie fester an sich. Sanft glitten Gia's Fingerspitzen über seine Wange, seinen Hals und schließlich auch zaghaft über seinen Oberkörper.

Die beiden OP-Narben waren noch immer sichtbar, wenn auch etwas blasser.

„Stört es dich?", fragte Nik leise.

Gia sah ihm daraufhin tief in die Augen und noch bevor sie ihn wieder küsste, hauchte sie ihm "Nein. Für mich bist du wunderschön" entgegen.

*„Gia & Nik" von Tina Flocke*
*(bisher unveröffentlicht)*

„So ein bisschen sexuelle Spannung zwischen Freunden gehört doch auch dazu."

Entrüstet stößt er mit den Handflächen gegen meine Brust. Ich lache auf, er stimmt ein und dann greift er mir in die Haare und küsst mich so heftig, dass ich die Empörung und den Frust schmecken kann.

Ich halte dagegen, beharrlich, danke ihm für seine Geduld mit mir. Niemals hätte ich bei unserem ersten Treffen gedacht, dass wir hier landen würden. Dass ich mir das wert sein könnte.

— 99 —

*Zitat aus „Coming of Rage" von Sophie Edina*
*(tredition, 2023)*

185

Er nimmt mein Gesicht in seine Hände und sieht mich aus immer noch feuchten Augen an. Sein Blick so intensiv, dass ich fast wegschauen möchte. Seine Daumen streichen mir über die Wangen und mein Herz rennt einen Sprint. Gerade, als ich denke, es kommt nichts mehr, dringen vier Worte an mein Ohr, die ich seit Opas Tod nicht mehr gehört habe. „Ich liebe dich, Theo." Ein Schluchzen entfährt mir – ein lautes – dann spüre ich Bastis Lippen auf meinen. Lippen, die sagen, ich habe dich, ich bin für dich da, ich verstehe dich auch ohne Worte.

— 99 —

*Zitat aus „Wann hat das Universum eigentlich angefangen,*
*Zwiebeln zu schneiden?" von Anni D. Newman*
*(S. 34, Books on Demand, 2025)*

„Lyas, ich ..." In einer hilflos wirkenden Geste hob Tiago die Hände. Urplötzlich trat er näher, die Lippen bebten immer stärker, die Wangenknochen traten härter hervor, die Augen … Verdammt, dieser intensive Blick durchbohrte Lyas, stieß ohne Widerstand in sein Herz, entfachte alle Gefühle zugleich, zerrte sie in einem unaufhaltsamen Orkan nach oben. Fest umschlossen Tiagos Hände sein Gesicht, der Mund ganz nahe, warmer Atem, ein winziger, keuchender Laut. Dann streiften Lippen die seinen. Ein flüchtiger, ein zärtlicher, ein fragender Kuss, der Lyas scharf Luft holen ließ. Weit riss er die Lider auf, wie erstarrt, fühlte den Kuss, fühlte die Leidenschaft, die Sehnsucht dahinter, die ganze Wucht aufgestauter Emotionen.

In ihm brach etwas, riss ihn kopfüber mit sich. Fragen verloren an Bedeutung. Die Umgebung, ihre Situation. Vergangenheit, Zukunft. Alles verlor an Bedeutung. Verloren in einem Kuss, in dem Bewusstsein, dass Tiago ihn küsste.

Lyas' Finger öffneten sich. Die Spange fiel heraus. Das Geräusch, mit dem sie den Boden berührte, sollte er nie vernehmen. Im selben Moment pressten sich seine Lippen auf Tiagos, küsste er ihn zurück, verschlang seinen Mund mit einer Gier und Leidenschaft, die er nie vorher gespürt hatte. Weiche Lippen, feste Lippen, eine Zunge, ein vages Keuchen, ein gieriger Kuss. Finger drückten sich in seine Haut, in die Haare, Zähne streiften seinen Mund. Er küsste, küsste immer heftiger, immer länger, intensiver, verschlang, was er finden konnte. Tiago umklammerte sein Gesicht, ließ ihm keinen Millimeter Raum, seine Küsse füllten die Welt, das Universum aus.

*Zitat aus „Prisão" von Chris P. Rolls*
*(Main Verlag, 2020)*

Marek schüttelte den Kopf und sah in das ernste Gesicht des jungen Landwirts, in die hübschen hellbraunen Augen.

„Na immerhin", sagte Paul und musterte ihn seinerseits. Sein Blick wanderte über Mareks Gesicht und blieb einen Moment an seinen Lippen hängen. Dann räusperte er sich und sah zur Seite. Marek wurde sich bewusst, wie dicht er vor Paul stand.

„Sorry", sagte er, bemüht, seinen Ärger im Zaum zu halten. Der Mann vor ihm hatte ihn sicher nicht verdient. „Jetzt trete ich dir schon wieder zu nahe."

Pauls Mundwinkel zuckten nach oben. „Vielleicht möchte ich ja, dass du mir zu nahe trittst."

„Ach so?" Das wäre in der Tat eine erfreuliche Entwicklung. Marek grinste und trat einen Schritt näher, bis ihre Nasenspitzen sich fast berührten. „So nah?"

„Noch näher", flüsterte Paul. Und dann hätte Marek nicht mehr sagen können, wer wen zuerst küsste.

— 99 —

*Zitat aus „Seine unsichtbaren Narben" von Jenna Gruenwaldt*
*(Kindle Direct Publishing, 2024)*

Vorsichtig fuhr ich mit meinen Fingern seine Wangen entlang. Trotz des nachwachsenden Bartes war seine Haut weich. Noch immer regte er sich nicht, aber die Andeutung eines Lächelns lag auf seinen Lippen. Diese Lippen. Konnte man den Charakter eines Menschen aus seinen Zügen ablesen? Falls ja, waren Galianos Lippen das beste Beispiel dafür. Voll und sanft waren sie. Genau wie er selbst empfindsam und großzügig war. Meine Finger umkreisten den schlafenden Mund in einer Berührung so schwerelos, dass sie an der Grenze zur bloßen Vorstellung lag, erkundeten das Gesicht, entlang der Augen, über die Brauen, die dunkel und streng darüber lagen, die Wangenlinien hinab bis zum Rand des geöffneten Hemdkragens. Seine feuchten Locken rochen so gut! Ich presste meinen nackten Bauch gegen ihn. Alles kribbelte.

Er schlug die Augen auf. Bevor er auch nur einen Ton rausbrachte, küsste ich ihn. Unter meiner Hand seine Rippen und unter dem Hemdstoff sein straffer Bauch. Er atmete heftig und zog mich näher an sich. Ich tastete nach einem Knopf seines Hemds, öffnete ihn. Seine Haut war so warm. Ich öffnete einen weiteren Knopf, dann noch einen. Ich stoppte, schob ihn ein Stück von mir weg.

Stille.

Seine Hand lag auf meinem Rücken. Er musste spüren, dass ich zitterte. Angst flackerte in seinem Blick. Dabei wollte ich das nicht, wollte ihm keine Angst machen, ihm nicht wehtun.

Er war der beste Mensch in meinem Leben. Der Einzige, der zählte, wenn ich ehrlich war.

*Zitat aus „Ein Regenbogen für den Schah –*
*Luk und Galiano, Band 2" von Elyseo da Silva*
*(tolino media, 2024)*

Gierig drückt sich meine Zunge durch den Spalt, findet den Weg in Drews Mundhöhle und wird empfangen von Hitze und dem intensivsten Geschmack, den ich je kosten durfte. Eine Geschmacksexplosion auf meiner Zunge, fruchtige Süße, die Reste des Weines und Drew. Eine Kombination mit einem hohen Suchtfaktor. Drew seufzt als unsere Zungen sich treffen und dieses aufgeregte Kribbeln auslösen. Den Geschmack von Erdbeeren werde ich auf ewig mit Drews Lippen verbinden. Aber auch die dunkle blutrote Farbe des Weins und das Aroma von sonnengereiften Trauben brennt sich fest in mein Gedächtnis ein. Jede Nuance, jedes Geräusch und noch so kleine Regung werden für immer konserviert. Ich kann das nicht verhindern, mein Verstand will diese Erinnerung für immer bewahren und ich bin mir nicht sicher, ob mir das gefällt. Das kalte Wasser aus dem Himmel und den Wolken über uns benetzt unsere Körper, durchweicht die Kleidung und vertreibt die Hitze. Zurück bleibt kalte Haut und Drews Zunge an meinem Kiefer. Mit geschlossenen Augen lege ich meinen Kopf leicht in den Nacken und genieße das aufgeregte Prickeln von Drews Zunge, die jeden Tropfen von meiner Haut leckt. Der Regen prasselt hart auf mein Gesicht, Tropfen laufen über meine Stirn und die Schläfen, perlen von der Nasenspitze und den Lippen. Drew saugt an meiner Haut, leckt und ich stöhne leise als seine Zungenspitze über meine Lippen streicht und diese sanft küsst.

*Zitat aus „Lost Memories" von Christian Ora*
*(veröffentlicht auf Wattpad)*

Widerwillig ließ Sunshine von dem weichen Schatz ab und schaute zu dessen Besitzer. Dessen Gesicht trug einen sinnlichen Ausdruck, die Augen schienen aus flüssigem Gold zu bestehen. Augen, in denen er ertrinken konnte. Er näherte sich dem gefallenen Engel, der die Flügel wieder einzog.

Bevor er reagieren konnte, war Sunny auf ihm. Die sturmgrauen Augen hielten Lucifers gefangen. Langsam beugte sich der Reaper vor, sein Gesicht war nahe, sodass er dessen sinnlichen Geruch wahrnahm – frischer Herbststurm, wild und ungezähmt. Lucifer wollte etwas sagen, doch Sunny kam ihm zuvor.

„Nicht. Sag nichts", flüsterte dieser leise.

Der Dämon spürte es, spürte den warmen Atem. Eine leichte Berührung erfolgte, nur sanft. Die Lippen seiner Nemesis hatten seine nur leicht gestreift, doch das Prickeln erhitzte seinen Körper, er wollte mehr. Erneut erfolgte eine Berührung, dieses Mal blieben sie auf den seinen liegen. Unendlich langsam öffnete Sunny die Lippen, bat um Einlass, den der gefallene Engel ihm gewährte. Sinnlich strich er über Lucifers Zunge, liebkoste sie.

Das Herz des Dämons schlug schneller und er spürte eine Sehnsucht – tief, unzähmbar. *Ich will dich.* Er wollte Sunshine unter sich begraben, jeden Zentimeter seines Körpers kosten, sich in ihm versenken und ihn zum Schreien bringen. Diese Augen sollten vor Lust vernebelt sein, seine Zeichen auf diesem Körper prangen.

Hände fuhren durch Lucifers Haare und hielten ihn in diesem Kuss gefangen. Doch als die Lippen sich lösten, war der Moment vorbei, das wusste er. Sunny zog sich zurück, keiner sagte etwas, doch sie wussten, dass dieser Kuss anders gewesen war. Er hatte eine Bedeutung und das machte beiden Angst, also schwiegen sie.

*Zitat aus „The Devil's Nemesis" von E. M. Holland*
*(S. 178, epubli, 2023)*

„Das kannst ... das darfst du so einfach?", frage Aylin, „ich kann mich erst seit Kurzem im Mondpalast frei bewegen, dazu musste ich mir erst die Codes freischalten lassen."

„Wenn du wüsstest, was ich alles kann", Nadia legte die Arme um sie und breitete ihre Flügel aus. „Wenn du fliegen willst, warum fragst du mich nicht danach?"

„Es ..."

Da Nadia Aylins Lippen mit den ihren verschloss, war es wohl eine rhetorische Frage gewesen. Im nächsten Moment hob sie sie aus dem Stand hoch, legte einen Arm um ihre Seite, einen unter ihre Kniekehlen, und bevor Aylin registrierte, was passierte, trat Nadia die Balkontür auf und sprang in die Höhe.

— 99 ———

*Zitat aus „Luna von San Trijato, Fantastische Fragmente 1"*
*von Claudi Feldhaus (epubli, 2021)*

Timeon schoss glühende Hitze in die Wangen. Er hatte noch nie jemanden geküsst. Würde er sich blamieren? Rosalio beugte sich vor, strich über Timeons Hals und das Haar. Ihre Augen kamen einander näher, das war ungewohnt und ein bisschen beängstigend. Timeon schloss die seinen und im nächsten Augenblick fühlte er Rosalios Lippen auf seinem Mund, eine weiche, warme Berührung, nur ein Hauch. Er öffnete seine Augen wieder, als sich Rosalio zurückzog.

„Möchtest du mehr?", fragte dieser leise.

Timeon fand keine Worte, er nickte stattdessen. Bei dem nun folgenden Kuss öffnete er seinen Mund leicht und Rosalios Zunge verlangte Einlass darin, während Timeon ihm mit den Fingern durchs Haar fuhr. Ein feuchter, süßer Kuss, der in seinem Leib erneut Wärme entfachte und ihn schließlich atemlos zurückließ, als sich der inderfernische Prinz von ihm löste.

*Zitat aus „Queer durch die Märchenwelt –*
*der Prinz, der mich liebte" von Amalia Zeichnerin (epubli, 2021)*

Wir sind beide nicht nüchtern. Nach der Taxifahrt und in der ländlichen Nachtluft aber klar im Kopf. Wir sind eine bewusste Entscheidung. Der andere, der Glücksrausch, eine hormonelle Folge.

„Ich will dich nochmal küssen."

„Hier im Rampenlicht? Oder doch lieber im Stroh?"

Das Flackern der leisen Panik hat sich wieder verkrochen und ich mag das. Werde forscher und grinse dazu. Wir flirten und das mag ich noch mehr. Leises Lachen, Necken.

„Überall." Er haucht in die Nacht und, Halleluja, dieser Laut lässt tatsächlich alle Umgebung im Nebel seifenblasenleichter Glückseligkeit verschwinden.

— 99 ——

*Zitat aus „Septembermomente" von Jutta Kröpfl*
*(Story One, 2025)*

„Ich habe meine Meinung geändert. Seit es für mich in ihnen um dich geht, mag ich Liebeslieder. Als wir *New Year's Day* gesungen haben, habe ich auch an dich gedacht … an uns."

Ein Strahlen breitet sich auf ihrem Gesicht aus, im Lichterkettenschein sind ihre Augen Galaxien, in denen ich mich verliere. „Ich hätte fast meinen kitschigen Taylor Swift Song Moment gehabt … Bevor wir unterbrochen worden sind …" Sie beißt sich auf die Lippe, welche wie magisch meinen Blick anzieht. „Da wollte ich fragen, ob ich dich küssen darf …" Ich beuge mich näher zu ihr, und spüre, dass sie erschaudert. Ihr Gesicht ist eine Haaresbreite von meinem entfernt, ihr Duft hüllt mich ein, verwandelt meine Gedanken in süßen weichen Nebel, und ihre Worte hallen in einem Crescendo in mir nach. „Du kannst mich jetzt fragen."

Sie kommt mir ein Stück entgegen, ihre nächsten Worte hallen auf meinen Lippen nach. „Darf ich dich küssen?"

„Ja", flüstere ich. Im nächsten Moment spüre ich den unendlich sanften Druck ihrer Lippen auf meinen. Ich umfasse ihr Gesicht mit den Händen, erwidere den Kuss und spüre, dass ihre Mundwinkel nach oben zucken, ohne dass sie sich von mir löst. Sie legt die Hände an meine Taille, zieht mich zu sich heran, bis sich unsere Körper eng aneinander schmiegen. Ihr Mund bewegt sich gegen meinen, ich komme ihr entgegen, vergrabe eine Hand in ihrem Haar und vertiefe den Kuss.

*Zitat aus „Verloren im Fünfvierteltakt" von Lea Diamandis*
*(Dunkelstern Verlag, 2024)*

Janets Hand fand meine. Liebevoll strich sie mit dem Daumen über meinen Handrücken, bevor sie auch nach meiner anderen Hand griff. Sie zog mich zu sich herum, sodass ich sie ansah. „Du bist nervös", stellte sie fest.

Nervös, ja. Mehr als das. Ich betrachtete meine Hände in ihren. Es fühlte sich so richtig an. Als gehörten sie genau dort hin.

„Wir haben Zeit, Rosalie. Wenn du noch nicht so weit …", setzte sie an, doch ich unterbrach sie.

„Ich bin es leid, dass wir uns verstecken. Ich will den Rest meines Lebens mit dir verbringen und ich habe dich schon viel zu lange als meine Mitbewohnerin vorgestellt." Das Wort hinterließ einen bitteren Geschmack auf meiner Zunge. „Viel lieber würde ich dich vorstellen als Liebe meines Lebens, als meine Partnerin und zukünftige Ehefrau."

Janets linke Augenbraue wanderte langsam nach oben. „Machst du mir gerade einen Antrag?"

„Ja", langsam nickte ich.

„Hast du keine Angst mehr, was deine Eltern zu uns sagen werden?"

„Doch, schon." Ich legte meine Hand an ihre Wange. „Aber noch mehr fürchte ich mich davor, deshalb ein gemeinsames Leben zu verpassen."

Ein Lächeln zupfte an Janets Mundwinkeln. „Ich möchte dich gerade ganz dringend küssen. Darf ich?"

Ich sparte mir die Antwort, sparte mir meinen Atem. Stattdessen lehnte ich mich ihr wortlos entgegen, küsste sie und wollte mich am liebsten nie wieder von ihr lösen.

*„Fallen & Fliegen" von Hanna C. Legnar*
*(bisher unveröffentlicht)*

„Hey, Alex", raunt er mir ins Ohr. „Darf ich dich küssen?"

Natürlich darf er. Ich wende den tausend glitzernden Lichtern des Eiffelturms den Rücken zu und neige meinen Kopf seinem entgegen. Die Zärtlichkeit seiner Lippen lässt mich erschaudern. Seufzend öffne ich meinen Mund. Ich schmecke seine Zuneigung auf meiner Zunge. Seine Finger wandern meine Wangen hinauf, als glaubte er, er müsste mich festhalten. Dabei zieht seine Weichheit mich nicht so viel effektiver in den Bann als es sein Griff könnte. Wir sind mitten unter Leuten, an einem der berühmtesten Orte der Welt, doch gerade gibt es nur uns beide. Es ist magisch. Es ist so magisch, dass ich mitten im Kuss realisiere, was er vorhat. Elektrizität flutet meine Nervenbahnen.

Die Wärme seines Mundes auf meinem verschwindet und ich schlage die Augen auf. Seine Hände liegen weiter auf meinen Wangen. In mir tobt ein Sturm. Dann sagt er es.

„Ich bin so unfassbar, unsagbar, unendlich verliebt in dich, Alexander Sartore."

Mein Herz blüht auf wie eine Rose. Ich bin sprachlos. Das hier übersteigt meine wildesten Fantasien, meine kühnsten Träume, meine größten Sehnsüchte. Es ist das erste Mal, dass mir jemand diese Worte ins Gesicht sagt. Es ist das erste Mal, dass der einsame, ängstliche, verletzte Junge in mir hören darf, dass seine Gefühle erwidert werden. Dass er aufhören darf, an diese Art der Liebe zu glauben, weil er jetzt weiß, dass es sie gibt. Vor lauter Überforderung und Dankbarkeit und Rührung laufen mir Tränen die Wangen herunter. Ein hässliches Schluchzen entkommt mir und er küsst es einfach von meinen Lippen, wischt mir das Gesicht trocken, küsst mich nochmal.

*Zitat aus „The Heart Way" von Sophie Edina*
*(Veröffentlichung für 2026 geplant)*

# REGISTER

**Aschwanden, Evelyne:**
— *Killing the Beast*, tolino media, 2024, [ohne Ort]. ⇨ S. 62

**Becker, Marie C.:**
— *Fremde Scherben*, Tredition, 2023, Ahrensburg. ⇨ S. 163

**Bethke-Jehle, Sonja:**
— *Schrankgeflüster*, Books on Demand, 2021, Hamburg. ⇨ S. 165
— *Träume in Rot*, Books on Demand, 2022, Hamburg. ⇨ S. 53
— *Von Anfängen und Abschieden*, bisher unveröffentlicht. ⇨ S. 48

**Biermann, Stefanie:**
— *Eilean Mòr – Whisky, Träume und ein Rabe*, bisher unveröffentlicht. (mit Maria Kristina Dahl)⇨ S. 85
— *Love Lines*, bisher unveröffentlicht. ⇨ S. 122
— *Love Lines*, bisher unveröffentlicht. ⇨ S. 175

**Blaustedt, Tove:**
— *Kontrollierter Höhenflug*, Traumtänzer Verlag, 2022, Train. ⇨ S. 25

**Bloom, Ela:**
— *Ignite my Dragon Heart*, Dark Empire Verlag, 2024, Berlin, S. 284. ⇨ S. 66
— *Judy – Ein Gruselsnack*, Dark Empire Verlag, 2023, Berlin, S. 47. ⇨ S. 138

**Bolsani, Eva Lucia:**
— *Elijah – The spell of Halloween nights*, Kindle Direct Publishing, 2024, [ohne Ort]. ⇨ S. 38

**Bolt, Leona:**
— *Ballkünstler*, Kindle Direct Publishing, 2024, Eppstein. ⇨ S. 95
— *Der Rest bleibt still*, Kindle Direct Publishing, 2023, Eppstein. ⇨ S. 91

**Brandl, Sabine:**
— *BeGeistert von dir*, Muc Verlag, 2025, München. (mit Julia Dankers) ⇨ S. 76
— *Und täglich grüßt die Erinnerung*, Main Verlag, 2024, Rostock. ⇨ S. 166

— *Gute Nacht, liebe Angst*, Main Verlag, 2024, Rostock. ⇨ S. 20
— *Va Bene – Liebeschaos in der Laube*, Kindle Direct Publishing, 2024, Fulda. ⇨ S. 111

**Delle Donne, Anita:**
— *Café Bizarr*, Story One, 2024, [ohne Ort]. ⇨ S. 178

**Diamandis, Lea:**
— *Change like Midnight Rain*, bisher unveröffentlicht. ⇨ S. 115
— *Verloren im Fünfvierteltakt*, Dunkelstern Verlag, 2024, Ubstadt-Weiher. ⇨ S. 195

**Edina, Sophie:**
— *Coming of Rage*, Tredition, 2023, Ahrensburg. ⇨ S. 185
— *The Heart Way*, bisher unveröffentlicht. ⇨ S. 197

**Elias, Sam:**
— *Boys in Bars*, bisher unveröffentlicht. ⇨ S. 169
— *Sunflower Season*, bisher unveröffentlicht. ⇨ S. 72

**Elison, Yara:**
— *Lied des ungezähmten Eises – Zorn der Flamme*, Drachenmond Verlag, 2024, Hürth. ⇨ S. 125
— *Wir, ein Leuchten wie die Nordlichter*, tolino media, 2025, Bad Oeynhausen, S. 130. ⇨ S. 55

**Etter, Jassi:**
— *Autonome Herzen*, bisher unveröffentlicht. ⇨ S. 83
— *Schokokuchen*, bisher unveröffentlicht. ⇨ S. 149
— *Wir sind jung*, URL: venib.at/wp-content/uploads/2023/05/TDoV_OpenMic_digital-zine.pdf. ⇨ S. 80

**Evans, Serena C.:**
— *Desire Date*, Kindle Direct Publishing, 2020, Hennef. ⇨ S. 177
— *Sonne, Mond und Sterne: Teil 3 – Sternenlicht*, Kindle Direct Publishing, 2017, Hennef. ⇨ S. 141

**Fabian, Sara:**
— *Projekt Kissing Ink of Ivy*, bisher unveröffentlicht. ⇨ S. 110
— *Projekt Raupen*, bisher unveröffentlicht. ⇨ S. 144

**Feldhaus, Claudi:**

— *Luna von San Trijato,* in: Fantastische Fragmente 1, epubli, 2021, Plaue. ⇨ S. 192

**Flocke, Tina:**

— *Gia & Nik,* bisher unveröffentlicht. ⇨ S. 184

— *Misha & Lila,* bisher unveröffentlicht. ⇨ S. 40

**Frank, Anna E.:**

— *Club-Küsse,* bisher unveröffentlicht. ⇨ S. 51

**Gigandet, Nike:**

— *Der Dornenprinz,* bisher unveröffentlicht. ⇨ S. 97

— *Wiedersehen,* bisher unveröffentlicht. ⇨ S. 99

**Gottwald, Sina:**

— *Und das Meer ist unsere Welt,* bisher unveröffentlicht. (mit Janina Nilges) ⇨ S. 161-162

**Graf, C. M.:**

— *Grüße aus Positano,* bisher unveröffentlicht. ⇨ S. 15-16

— *Herz ohne Hafen,* bisher unveröffentlicht. ⇨ S. 171

**Graves, Jessica:**

— *Aidan & Damian: Footprints in the Sand,* Kindle Direct Publishing, 2023, Eppstein. ⇨ S. 26

**Grimm, Caro:**

— *Dunkelherz,* in: Finsterglut, Kindle Direct Publishing, 2023, Dietzenbach, S. 162-206. ⇨ S. 45

— *Ein flüchtiger Moment in Abra,* bisher unveröffentlicht. ⇨ S. 101

**Groll, Esra:**

— Drei Meter über Null, Books on Demand, 2024, Hamburg, S. 143. ⇨ S. 133

**Großmann, Nora L.:**

— *Begegnung,* bisher unveröffentlicht. ⇨ S. 79

— *Das Kraftwerk,* bisher unveröffentlicht. ⇨ S. 102

**Gruenwaldt, Jenna:**

— *Der Mut, ihn zu lieben,* Kindle Direct Publishing, 2023, Hamburg. ⇨ S. 126

**James, Josefine:**
— *Macks – The Color of Music*, Books on Demand, 2024, Hamburg.
⇨ S. 57

**Jansen, Katja:**
— *Daphnes Töchter*, Wreaders Verlag, 2025, Sassenberg, S. 18.
⇨ S. 31

**Jehanzeb, Sameena:**
— *Frozen Ghosted Dead*, Nova MD, 2022, Bonn. ⇨ S. 73
— *Siebensteintahl*, Nova MD, 2024, Bonn. ⇨ S. 159
— *Was Preema nicht weiß*, Nova MD, 2020, Bonn. ⇨ S. 145

**Junge, Ely:**
— *All the Love – Alles andere als ideal*, tolino media, 2024; Bad Windsheim. ⇨ S. 147

**Juvenell, Nox:**
— *Erika Mann: Daughter of Rebellion – München 1932*, bisher unveröffentlicht. ⇨ S. 140
— *Phoenix Kiss– für einen Sommer lang*, bisher unveröffentlicht. ⇨ S. 137
— *Whispered Kiss – Der letzte Kuss (1. Samuel 20:41)*, bisher unveröffentlicht. ⇨ S. 56

**K., Crimson:**
— *Brown Eyed*, Tredition, 2023, Ahrensburg. ⇨ S. 78

**Kleib, Romy:**
— *Kissing the Skatingqueen*, bisher unveröffentlicht. ⇨ S. 132

**Klein, Arthur Yves:**
— *Nebelleuchten*, bisher unveröffentlicht. ⇨ S. 54

**Kleve, Anna:**
— *Fluchschamanen: Erwachen des Chaos*, Kindle Direct Publishing, 2023, Gratkorn, Österreich. ⇨ S. 70
— *Perytar – Todesblut*, Kindle Direct Publishing, 2025, [ohne Ort]. ⇨ S. 181
— *Wolfssprung*, Kindle Direct Publishing, 2021, [ohne Ort]. ⇨ S. 104

**Komma, Kira:**
— *Der Hundesitter*, bisher unveröffentlicht. ⇨ S. 112

**Kröpfl, Jutta:**
— *Septembermomente*, Story One, 2025, [ohne Ort]. ⇨ S. 100
— *Septembermomente*, Story One, 2025, [ohne Ort]. ⇨ S. 194

**Kulgart, Christina:**
— *Mosaik der Liebe*, Tredition, 2024, Ahrensburg, S. 125. ⇨ S. 123

**Kuro, Jennifer:**
— *Cherry Blossom*, bisher unveröffentlicht. ⇨ S. 94
— *Ember*, bisher unveröffentlicht. ⇨ S. 96

**Laurea, Ash:**
— *Letzte Worte*, bisher unveröffentlicht. ⇨ S. 155

**Lee, Ally:**
— *Weiße Tulpen*, bisher unveröffentlicht. ⇨ S. 107

**Legnar, Hanna C.:**
— *Fallen & Fliegen*, bisher unveröffentlicht. ⇨ S. 196

**Licht, Katharina:**
— *Die Legenden von Lumia – Berstendes Eis*, Books on Demand, 2025, Hamburg. ⇨ S. 17
— *Drei Wünsche für Melvin*, Wreaders Verlag, 2025, Sassenberg. ⇨ S. 87

**Lionne, Kat:**
— *A Bride for the Viper*, Kindle Direct Publishing, 2024, Augsburg, S. 10. ⇨ S. 63
— *A Wife for the Heiress*, Kindle Direct Publishing, 2024, Augsburg, S. 154. ⇨ S. 142

**Lu, Rosie:**
— *Das Geheimnis des Antiquitätenhändlers*, URL: www.fanfiktion.de/s/d/674caaaf000f7e42331e991f/. ⇨ S. 168
— *Die feinen Spuren von Gold*, URL: www.fanfiktion.de/s/6777cdff000f7e42331e991f. ⇨ S. 124

**Maas, Gianna:**
— *Sven und Sami: Liebe ist mehr*, bisher unveröffentlicht. ⇨ S. 93

**Rieger, Miriam:**
— *Die Gefräßigen*, bisher unveröffentlicht. ⇨ S. 170

**Riemer, Martina:**
— *Dragon Rider Weekend*, derzeit unveröffentlicht. ⇨ S. 86

**Rolls, Chris P.:**
— *Lions Roar*, Main Verlag, 2013, Rostock. ⇨ S. 58
— *Pegasuscitar – Auf magischen Schwingen*, Main Verlag, 2014 Rostock. ⇨ S. 130
— *Prisão*, Main Verlag, 2020, Rostock. ⇨ S. 187

**Rönspies, Saskia:**
— *Broken Strings*, Kindle Direct Publishing, 2022, Luckau. ⇨ S. 23
— *natida ni fylur – Die Prophezeite der Sonne (Band 1)*, Weltenbaum Verlag, 2023, Kandern. ⇨ S. 19

**Sander, Rea:**
— *Projekt Kleinstadtgeflüster*, bisher unveröffentlicht. ⇨ S. 84

**Sawyer, Kiera:**
— *Painful Sensation*, Kindle Direct Publishing, 2024, [ohne Ort]. ⇨ S. 103
— *Save me from Life*, bisher unveröffentlicht. ⇨ S. 180

**Schreiber, Kristina:**
— *Leinwand des Lebens*, in: Sonnen-Erwachen: Facetten des Aufbruchs, hg. von Saskia Dreßler, Books on Demand, 2024, Hamburg. ⇨ S. 30
— *Wir. Sind. Frei.*, bisher unveröffentlicht. ⇨ S. 172

**Silen, Cel:**
— *Im Haus von zwei Hexen*, bisher unveröffentlicht. ⇨ S. 139

**Skye, Robyn:**
— *Start of Forever*, bisher unveröffentlicht. ⇨ S. 176

**Stahl, Yola:**
— *Ein Spiegel aus Gold und Blut*, tolino media, 2025, Heppenheim. ⇨ S. 59-60
— *Gezeitenruf – Das Lied der Seeglöckchen*, tolino media, 2023, Heppenheim. ⇨ S. 120

**Stevens, Alenor J.:**
— *Das Urteil des roten Drachen*, Books on Demand, 2025, Hamburg.
⇨ S. 49
— *Nox Londinium: Das dritte Date*, Kindle Direct Publishing, 2024,
St. Gallen, Schweiz. ⇨ S. 24

**Takashima, Sakura:**
— *Projekt Soulmate*, bisher unveröffentlicht. ⇨ S. 158

**Tells, Lux N.:**
— *Circus of Desire: Im Käfig*, Kindle Direct Publishing, 2024,
Augsburg, S. 198. ⇨ S. 143

**Theege, Vic:**
— *Die Magpie Chronicles*, bisher unveröffentlicht. ⇨ S. 134

**Tiefenbacher, Johanna:**
— *Der Fluch des Diamantdolchs: Steinblüten-Reihe (Band 3)*, Kindle
Direct Publishing, 2023, Bad Windsheim, S. 16-17. ⇨ S. 41
— *Von den Feen geküsst– Ileandors Hoffnung*, Kindle Direct
Publishing, 2020, Bad Windsheim. ⇨ S. 128

**Veros, Livia:**
— *More than I expected*, Books on Demand, 2025, Hamburg, S. 312.
⇨ S. 98

**Waldner, Florian:**
— *Hadrianswall*, bisher unveröffentlicht. ⇨ S. 167

**Zandt, Anne:**
— *Das Jahr des Mondes*, Books on Demand, 2023, Hamburg, S. 116.
⇨ S. 118

**Zeichnerin, Amalia:**
— *Ein Konzert für einen guten Zweck mit den Demonettes*, epubli,
2024 [ohne Ort]. ⇨ S. 34
— *Queer durch den Märchenwald – der Prinz, der mich liebte*, epubli,
2021, [ohne Ort]. ⇨ S. 193

*Alle Texte wurden in Kenntnis und mit Einverständnis der Urheber:innen
abgedruckt. Die getroffenen Angaben basieren auf dem Stand von April 2025.*

# DANKSAGUNG

Jedes queere Projekt, insbesondere jedes queer-aktivistische, steht auf den Schultern von Wegbereiter:innen der Vergangenheit. Einige von ihnen, wie Marsha P. Johnson, Harvey Milk, Audre Lorde oder Magnus Hirschfeld, haben einen gewissen Bekanntheitsgrad erreicht, doch eine große Menge von ihnen ist für die Geschichtsschreibung unsichtbar geblieben. Auch ihnen möchte ich dafür danken, dass ihr Mut, ihr Stolz und ihre Liebe zu den Rechten, Chancen und Freuden beigetragen haben, die wir als Mitglieder der LGBTQIA*-Community heute genießen. Trotzdem müssen wir auch heute noch ihr Erbe antreten und unsererseits den Weg bereiten für eine Zukunft, in der Vielfalt im romantischen, (einvernehmlich) sexuellen und geschlechtlichem Sinne kein Diskussionspunkt mehr sein muss, sondern einfach *sein* darf.

Ich danke allen, die mit mir in diesem Projekt einen Teil dazu beigetragen haben. Das sind Airee, Alenor, Ally, Amalia, Ana, Anita, Anna E. Frank, Anna Hellmich, Anna Kleve, Anne Danck, Anne Zandt, Anni, Arthur, Ash, Caro, Cel, Chris, Christian, Christina, Christine, Claudi, C. M., Crimson, E. M., Ela, Ely, Elya, Elyseo, Esra, Eva, Evelyne, Fiona, Florian, Gianna, Hanna, Henriette, Hiro, Ines, Irina. Iva, J. M., Jan, Janina, Jassi, Jenna, Jennifer, Jessica, Joana, Johanna, Josefine, Ju, Julia, Julie, Junis, Jutta, Kat, Katharina, Katja, Kiera, Kira, Kristina Maria Dahl, Kristina Schreiber, Lea, Leona, Libra, Lilac, Livia, Luca, Lukas Brückner, L., Lux, Luzi, Maeve, Marie C. Becker, Marie Meier, Martina, Miriam, Nadine, Nike, Nora Brüning, Nora L. Großmann, Nox, R. M., Rea, Robyn, Romy, Rosie, Sabine, Sakura, Sam, Sameena, Sandra, Sara Alcea, Sara Fabian, Saskia, Serena, Sina, Sonja, Sophie, Stefanie, Stef, Talia, Tess, Tina, Tove, Valérie, Veronika, Vic, Yara und Yola (ja, in alphabetischer Reihenfolge): Die Autor:innen, die ich zum Teil schon seit einiger Zeit begleite, zum Teil erst durch dieses Projekt kennengelernt habe. Nicht nur haben sie ihre Texte zur Verfügung gestellt, sie haben mich auch emotional und praktisch auf verschiedenste Arten unterstützt und bereichert. Einiges wäre vielleicht einfacher gewesen, wenn wir mit einer kleineren Gruppe von Beteiligten dieses Projekt umgesetzt hätten, aber ich bin froh über jede einzelne Person, deren Arbeit ich in dieser Anthologie sichtbar machen darf.

Dazu zählt auch Lara, die das Cover gespendet hat. Dank ihr ist unsere literarische Pride-Parade um eine wunderschön illustrierte Version erweitert worden. Es ist das erste Mal, dass ich ein Buchcover nicht selbst realisiert habe und ich bin sehr glücklich mit dem Arbeitsprozess und dem Endergebnis.

Besonders möchte ich allen danken, die mir während des Entstehung der Anthologie immer wieder (zumindest symbolisch) die Hand auf die Schulter gelegt haben und mich daran erinnert haben, meine eigenen Kapazitäten nicht überzustrapazieren. Ich habe euren Rat vielleicht nicht immer befolgt, aber es war trotzdem wichtig, ihn zu hören. Und sobald das finale Dokument eingereicht ist, gönne ich mir eine Pause, versprochen!

Ich danke auch jenen, die mich in den letzten Jahren in Sachen LGBTQIA* aufgeklärt, sensibilisiert und bestärkt haben. Anfangs war ich nur eine Autorin, die verantwortungsvoll mit queerer Repräsentation umgehen wollte. Niemals hätte ich erwartet, dass mich das persönlich so prägen würde und dass ich die Möglichkeit bekommen würde, so viel an die Community zurückzugeben.

Mein Dank gilt zuletzt all denen, die queere Kunst, wie zum Beispiel Bücher, schaffen und unterstützen. Diese Art der Sichtbarkeit ist aus vielen Gründen ein mächtiges Instrument. Sie schafft Rückzugsorte, kanalisiert Negativerfahrungen, baut Brücken, informiert, inspiriert, normalisiert und regt gesellschaftlichen Diskurs an. Sie enttarnt Vorurteile und jene, die solche vertreten, eröffnet uns neue Perspektiven und Anknüpfungspunkte. Kurz gesagt: Sie tritt den richtigen Menschen auf die Füße und bereitet andersherum den richtigen Freude.

Der Gegenwind wird stärker. Wer weiß, wie die Zukunft für queere Künstler:innen und Menschen im allgemeinen aussieht. Deshalb danke ich den Verlagen, Politiker:innen, Hilfsorganisationen, Aufklärungsplattformen, Journalist:innen, Dienstleiter:innen und Privatpersonen, die ihre Ressourcen und Privilegien nutzen und damit uns und andere diskriminierte Gruppen in irgendeiner Form unterstützen.

Ja, damit bist auch du gemeint, wenn du gerade dieses Buch in den Händen hältst. Vielleicht kannst du dem Projekt jetzt auf deine Art zu noch mehr Sichtbarkeit und Wertschätzung verhelfen, indem du eine Rezension verfasst, das Buch weiter empfiehlst, verschenkst oder online davon erzählst (*#QueereKüsseGegenRechts, @queere_kuesse_gegen_rechts*).

Besonders würde es mich freuen, wenn du durch die Zitate das ein oder andere Buchprojekt entdeckt hast, das auf deine Wunschliste wandert.

Jetzt schon danke ich dir für dein Interesse und die Zeit, die du mit den queeren Küssen verbracht hast.

# DIE HERAUSGEBERIN

**SOPHIE EDINA** (sie/dey) ist Autorin, Buchbloggerin und Psychologin. Sie versinkt gern in Fantasie, Poesie und Teetassen und träumt sich nach Edinburgh, Paris oder an einen anderen schönen Ort, der sie inspiriert. Sophie ist introvertiert und queer und setzt sich mit ihren Büchern und auf Social Media für wertschätzende Repräsentation psychischer Probleme und verschiedener Identitätsformen ein.

Zu ihren Veröffentlichungen zählen englischsprachige Gedichte („*Wild Joy Riders*") und New Adult-Romane mit dem Fokus auf Selbstfindung und mentale Gesundheit („*Coming of Rage*"). „*QueereKüsseGegenRechts*" ist ihre erste Arbeit als Herausgeberin einer Anthologie.

Weitere Veröffentlichungen sind geplant.

Auf Instagram und TikTok findest du sie unter *@sophie_edina*. Weitere Informationen und alle Werke sind auf www.sophie-edina.com einsehbar.